四探無底洞・功成取真經

5

萌漫大話西遊記

繪時光 編繪

Graphic Times 45

四探無底洞・功成取真經

5

萌漫大話西遊記

著 繪 者　繪時光

野人文化股份有限公司
社　　長　張瑩瑩
總 編 輯　蔡麗真
責任編輯　徐子涵
專業校對　魏秋綢
行銷經理　林麗紅
行銷企畫　蔡逸萱、李映柔
封面設計　周家瑤
內頁排版　洪素貞

出　　版　野人文化股份有限公司
發　　行　遠足文化事業股份有限公司 (讀書共和國出版集團)
　　　　　地址：231 新北市新店區民權路 108-2 號 9 樓
　　　　　電話：（02）2218-1417　傳真：（02）8667-1065
　　　　　電子信箱：service@bookrep.com.tw
　　　　　網址：www.bookrep.com.tw
　　　　　郵撥帳號：19504465 遠足文化事業股份有限公司
　　　　　客服專線：0800-221-029
法律顧問　華洋法律事務所　蘇文生律師
印　　製　凱林彩印股份有限公司
初版首刷　2023 年 5 月
初版 3 刷　2023 年 6 月

國家圖書館出版品預行編目（CIP）資料

萌漫大話西遊記 (5)【大結局】(附「十萬
八千里降妖取經」闖關知識遊戲本)/ 繪時
光著 . 繪 .-- 初版 .-- 新北市 : 野人文化股
份有限公司出版 : 遠足文化事業股份有限
公司發行 , 2023.05
　　面；　公分 .-- (Graphic times ; 45)
ISBN 978-986-384-873-8(平裝)

1.CST: 西遊記 2.CST: 漫畫

857.47　　　　　　　　　　112006012

本書原簡體中文版名為《萌趣西遊記（全 10
冊）》，由四川天地出版社有限公司出版。中
文繁體字版通過成都天鳶文化傳播有限公司
代理，經四川天地出版社有限公司授予野人
文化股份有限公司獨家出版發行，非經書面
同意，不得以任何形式，任意重制轉載。

野人文化
官方網頁

野人文化
讀者回函

萌漫大話西遊記 (5)

線上讀者回函專用
QR CODE，你的寶
貴意見，將是我們
進步的最大動力。

第 5 章
觀燈金平府

第 6 章
天竺收玉兔

第1章

救難小子城

鵝籠之謎

從獅駝國離開後幾個月，唐僧師徒又來到一座城下。悟空叫醒了一個在路邊打瞌睡的老頭，一番交談後得知，此處本來是比丘國，可是最近大家改口叫它「小子城」。

怎麼改了這麼奇怪的名字？

這裡原來叫比丘國，現在叫「小子城」。

師父，我猜大概是比丘國國王駕崩，新繼位的是個小子。

師徒四人來到了比丘國之中，發現街道上也算繁華，但不知什麼原因，家家戶戶門口都掛著一個鵝籠，還用五色彩幔蓋著。

就知道娶媳婦，怎麼可能家家戶戶都在同一天娶媳婦的？

想必今天是良辰吉日，掛著鵝籠應該是在娶媳婦吧。

悟空變成一隻蜜蜂，飛進籠中一探究竟。他發現每個籠子裡都裝了一個小男孩，年齡約五到七歲，都是一副什麼也不知道的表情。有的在籠子裡玩耍，有的在哭，有的在吃水果，有的在打瞌睡。

嘿，這是怎麼回事？

唐僧聽悟空回來一說，也十分驚訝。正好前面就是驛
館，就決定先去安頓下來，再問問是怎麼回事。驛丞
接待得十分周到。等到收拾妥當，唐僧和驛丞坐下聊
天，不知不覺間就聊到了各家門前的鵝籠小孩，驛丞
一聽，臉色大變，不想和唐僧多言。

長老千萬不要
再管鵝籠小兒
的閒事。

你成功激起了
我的好奇心。

驛丞

唐僧覺得這裡面一定有問題，便扯住驛丞不放，非要
問個明白。驛丞沒辦法，只好先把閒雜人等打發走，
才跟唐僧實話實說，原來是國王昏庸無道，要用小孩
的心肝當藥引子來治病。

這件事好像過了
很久，但實際上
也沒多久……

事情要從三年前說起。比丘國來了一個老道士，把自己千嬌百媚的女兒獻給了國王。國王從此以後竟然專寵這個女子，並封她為「美后」，那個老道士就此當上了國丈。

絕代佳人啊！

我得意地笑！

比丘國國王

比丘國國丈

國王自打有了美后，日夜飲酒貪歡，糟蹋了身體，如今一病不起。

太醫院試了很多辦法，國王的病都沒有起色。國丈卻說他有個十分厲害的祕方，不但能藥到病除，還能延年益壽。國丈還說他已經從海外仙山備齊了所有藥材，現在只缺一個藥引子：一千一百一十一個小小子的心肝。

呼……

陛下，您真吃得下去嗎？

海外仙山

鵝籠裡的小子就是被選中的藥引子。因為這件事，比丘國哭聲漫天，百姓氣憤，因此比丘國被叫作「小子城」。

抗　小子城　議

驛丞邊說邊搖頭嘆氣，唐僧在一旁聽得眼淚汪汪，氣憤難平。悟空卻有了主意，他勸師父少安毋躁，好好休息一晚，自己絕不會讓孩子們遭殃。

師父別哭了！俺老孫絕不會讓孩子們受到任何傷害！

你能救下這些孩子，那便是積了大德啦！

悟空吩咐八戒、沙僧照看師父，自己跳到半空中念動真言。不一會兒，比丘國周圍的土地公、山神都被召喚來了。

悟空跟大家說比丘國的情況，立刻得到眾神響應。各仙家都使出本事，一陣大風吹走了裝著小孩的鵝籠，一路吹到城外的山谷裡，在那裡藏了起來。

給你們表演一個小魔術！

悟空辦好差事，唐僧也能放心了。第二天，唐僧信心滿滿地上朝，去換通關文牒。悟空則變成一隻小飛蟲，趴在師父的帽子上，一半是為了保護師父，一半是為了會會那個國丈。

俺老孫跟師父一起去，看看那國丈是不是妖怪。

有你在，我就放心了。

比丘國國王聽說東土高僧來朝見十分開心，立刻批准唐僧入朝。驗看通關文牒時，唐僧注意到國王確實氣色不好，看來確實是生病了。

面色發紫

黑眼圈

嘴唇發紫

就在國王和唐僧說話間,國丈來了。國王趕緊由侍從扶著起身,唐僧也起立相迎。

> 連國王都要起身迎接,這國丈的架子好大。

進來的老道士戴著雲錦紗巾,身穿綿絲與鶴毛做成的外套,手裡拄著九節枯藤蟠龍枴杖,看起來相當盛氣凌人。

這國丈到了寶殿上也不行禮，徑直坐到國王左手邊的繡墩上。唐僧給他行禮，國丈也不還禮。

東土大唐。

西方我佛聖地。

你這和尚從哪裡來？

去往何處？

老道士聽說唐僧要去西天取經，好像非常不屑，他大言不慚地說自己修的才是正道。可憐的國王完全被道士洗了腦，連連點頭稱是，滿朝的文武官員也頻頻拍馬屁。唐僧受不了，只想速速離開。悟空已經看出那個老道士是個妖孽。悟空讓師父先回驛館，自己留下來再探聽點消息。

這國丈太沒禮貌了，咱們趕緊走吧。

這國丈是個妖邪，國王受了妖氣。師父先回驛館，俺老孫在這裡打聽消息。

꧁ 師徒換臉 ꧂

悟空重新飛回大殿，剛好差官來報。各家的鵝籠被一陣大風吹得無影無蹤。藥引子沒了，國王覺得老天爺看來不想讓他活下去了。沒想到，老道士卻說，老天爺送來了比小兒心肝更好的藥引子：唐僧。顯然這個妖怪在打壞主意！

天要滅朕啊！心心念念的藥引子沒了，如何是好？

陛下別急，鵝籠被風吹走確實是天意，因為比小兒心肝更好的藥引子來了。

是什麼？

就是剛剛離去的唐僧，他可是十世修行的真佛轉世。若用他的心肝煎藥，能活萬年之壽。

這國王果然十分昏庸，他按照國丈的吩咐，傳旨將比丘國各城門緊閉，還派兵去金亭驛館，把唐僧找來。悟空聽完，二話不說就飛回去報信，把國王要吃唐僧心肝的事情全告訴了師父。

我才吃幾口……

又又又吃？！

悟空怕師父如果再上朝堂可能沒法脫身，乾脆跟他調包。他打算變成師父的樣子上朝，師父則是變成自己的模樣，在驛館等待。悟空讓八戒到外面弄些濕泥，八戒到牆根用耙子刨了些乾土，但附近沒水，就乾脆對著土撒尿，和了些濕泥給悟空交差。

這猴子真會指使人，要泥巴還要濕的！平常都是你捉弄俺老豬，這回終於風水輪流轉了。

悟空把八戒拿來的濕泥按照自己的臉型做了個模子，然後蓋在唐僧臉上。悟空吹了口仙氣，叫聲「變」，唐僧就變成了悟空的模樣。

徒弟，這泥巴怎麼有一股尿騷味啊？

師父，意外，純屬意外！

豬尿面膜……

這會兒工夫，三千羽林軍已經包圍了整間驛館。悟空趕緊穿上唐僧的衣服，變成唐僧的模樣，不慌不忙地跟著領兵的長官進宮。

哼！跟我來這套！

唐長老，國王有請。

假唐僧來到比丘國皇宮之內，只見那國王賠著笑臉，把話顛來倒去說了一通。總而言之就是一句話，他要唐僧的心肝代替比丘國小兒的心肝作藥引。

聖僧慈悲為懷，我猜你肯定也不願意犧牲掉那麼多的孩子，現在有一個辦法能救孩子們。

什麼辦法？

用你的心肝代替那些小兒的心肝。

行啊，心太多了，正好減一些，不知道你要哪顆心？

國丈以爲唐僧在戲弄自己，於是說要唐僧的黑心，沒想到這個「唐僧」當即叫人拿刀來，一邊剖開胸口拿出「心」，一邊說笑。

我有貪心、名利心、嫉妒心、計較心、好勝心、望高心、侮慢心、殺害心、狠毒心、恐怖心、謹慎心、邪妄心、無名隱暗之心……種種不善之心，就是沒有黑心！

嘻嘻嘻……

國王嚇得半死，悟空也裝不下去了，瞬間露出眞容，大罵國王昏庸，被黑心的國丈欺騙。國丈一看到悟空的臉，轉頭就跑，那不正是齊天大聖嗎？他可惹不起，還是跑路爲上！

聖僧怎麼變成這副嘴臉了？

齊天大聖？我要溜了。

悟空很快就追上了逃跑的國丈。兩人在半空上演一場
廝殺。悟空的金箍棒如猛虎出山，國丈的柺杖如蛟龍
出海。但國丈顯然不是悟空的對手，他猛然化作一道
寒光，落在皇宮內院，然後帶著美后一起逃走。

三十六計，
走為上策！

好漢不吃
眼前虧！

溜得挺快。

🦋 柳林坡捉怪 🦋

悟空沒急著追，落下雲頭，趕快找來國王。經過這一番折騰，國王總算明白自己原來被妖怪擺布了這麼多年，還險些害了百姓的孩子，後悔不已。

妖怪騙了孤王這麼多年！著實對不起黎民百姓！

你那國丈和美后都是妖怪！你還為虎作倀，幫著他們禍害百姓！

幡然醒悟的國王趕緊把驛館裡的唐僧師徒召來。悟空把唐僧臉上的泥巴拿下來，給他恢復了原樣，然後拉著八戒和自己一起去抓妖怪。

呆子，看你弄的好事！師父一臉豬尿，快跟我捉妖怪將功折罪。

我錯了還不行嗎？

變回來真好！

聽國王說，那老道士剛來的時候聲稱自己住在城南七十里處的柳林坡清華莊。悟空和八戒一路找過去，只看到垂柳成蔭，根本看不到什麼府邸宅院。於是，悟空只好向土地公問問情況。

悟空和八戒很快找到了有九條叉枝的楊樹。悟空讓八戒在遠處等著接應，自己繞著樹根左轉三圈、右轉三圈，然後雙手抱樹，連喊三聲「開門」。突然一聲巨響，大樹不見了，眼前出現一座洞府。

這密碼太複雜了，叫「芝麻開門」多好。

悟空走近便看到一個石屏，上面寫著「清華仙府」四個大字。隨即他聽到有人在石屏後面說話，原來是剛跑回來的老道士和美后。

這妖道的洞府還真是好看！

籌備三年的美事竟然被那猴頭破壞了！

既然找到了妖怪，悟空揮舞金箍棒，打了進去。妖道一看到悟空，立即撇開美后，舉起手中的蟠龍枴杖招架。八戒在外面聽到動靜，便舉起釘耙猛刨九叉楊樹，沒想到樹根竟然冒出鮮血，看來這棵樹也成了精。

妖道本來就打不過悟空，從洞口逃跑時又看到八戒，
立刻心慌意亂，無心戀戰，化作一道寒光向東逃竄。
悟空、八戒連忙追過去。

南極老人星收白鹿

這時候,半空中忽然傳來仙鶴的鳴叫聲,大家抬頭一看,南極老人星把變成寒光的妖怪罩住了。

這妖怪其實是我的坐騎,看在我的薄面上,大聖和天蓬元帥就饒了他吧。

南極老人星

南極老人星一聲呵斥,那妖怪就現了原形,原來是一頭白鹿。悟空和八戒重回洞府,抓到了美后,原來她是一隻白面狐狸精。

仙翁,你身體好嗎?

挺好,挺好!

這回看誰會罩你!

妖怪都處理完了，南極老人星、悟空和八戒一起回到
比丘國。國王得知自己一直寵幸和言聽計從的人居然
都是妖精，羞愧得差點鑽進地裡。

嗚嗚嗚……我糊塗
啊！感謝神僧救了
我們比丘國的孩子！

不過，大家也好奇，白鹿是怎麼跑出來的？南極老人星說，前幾日東華帝君找他下棋，兩人下得高興，不知不覺忘了時間。等棋下完，才發現白鹿不見蹤影，南極老人星掐指一算，得知白鹿在比丘國搗亂。他估計自己再晚一步，白鹿就會被悟空和八戒打死了。

比丘國國王大擺宴席，招待南極老人星和唐僧師徒，又向南極老人星求袪病延年的藥方。老人星見他誠心悔過，大方把東華帝君給自己的三顆零食送給國王。國王吃完，病就立刻好了。據說國王後來活了很久呢。

南極老人星帶著白鹿，踏雲而去。負責守護孩子們的
神仙見妖精已除，又吹起強風，把鵝籠都送了回來，
一個孩子也不少，個個還都活蹦亂跳。老百姓對師徒
四人感激不盡，家家戶戶爭相邀請聖僧回家吃飯。

孩子們回來了！
親親、抱抱、
舉高高！

哇哇哇！回
家啦！我的
孩兒啊！

老百姓盛情難卻，師徒四人在比丘國又待了足足一個
月，才再度出發。

南極老人星的坐騎

　　故事裡講到南極老人星是騎仙鶴過來，救下了白鹿精，又說白鹿是南極老人星的坐騎，那麼南極老人星的坐騎到底是仙鶴還是白鹿呢？

　　在古代神話裡，南極老人星是掌管壽命的神仙，又稱為壽星。在《西遊記》第二十六回，孫悟空在五莊觀推倒了人參果樹之後，為了讓人參果樹復活，曾經去向福祿壽三星求助，可惜壽星能救走獸飛禽，卻救不了人參果樹。所以悟空只好請三星到五莊觀替自己說情，當時三星也是駕鶴而來，所以仙鶴肯定是壽星的坐騎。

仙鶴寓意著延年益壽，代表著富貴、長壽。因此，仙鶴作為壽星的坐騎非常適合。

而白鹿寓意著福氣，同時鹿與祿諧音，更是為其增添了美好的含義。仙鶴與白鹿都屬於古代的仙禽，且都算得上是壽星的坐騎，兩者並不衝突。

　　在很多畫裡，壽星都是一位額頭隆起的白髮老人，一隻手拿著一根拐杖，另一隻手拿著一個蟠桃，身邊有一頭白鹿，腳下有一隻潔白的仙鶴。

九色鹿

　　關於鹿的傳說還有一個非常著名的「九色鹿神話」，故事取材於一千多年前的敦煌莫高窟壁畫《九色鹿王本生圖》。佛祖釋迦牟尼的前生是九色鹿王，牠曾救下一個溺水的男子，同時囑咐他不要把遇見自己的事情告訴別人。

大恩大德，永生難忘！

你只要別出賣我就好啦。

我要是做缺德事，就全身長疹子！

九色鹿啊九色鹿，你就好人做到底吧。

公告欄

　　不料王后想要九色鹿的毛皮做衣裳，國王懸賞高官厚祿尋訪九色鹿的行蹤。當初被九色鹿所救的溺水男子看到榜文，被金錢所惑，出賣了九色鹿。

　　國王捉到九色鹿後，九色鹿揭穿了落水者忘恩負義的醜行，國王深受觸動，便放生九色鹿。那個恩將仇報的小人得到了懲罰，渾身上下長滿了疹子。

忘恩負義的小人！

啊！現世報，好癢啊！

第2章
四探無底洞

黑松林遇鼠精

離開比丘國，唐僧師徒一路餐風露宿，這天來到一處黑松林歇腳。大家肚子都有些餓了，悟空決定去周邊查看一下，順便找些吃的。

你們在這好好待著，俺老孫去去就來。

收到！

悟空飛到半空，回看師父所在的黑松林，有祥雲籠罩，十分好看。悟空心想，師父不愧是金蟬子轉世，自帶祥瑞之氣。可是，黑松林的南邊居然冒出黑氣。

有黑氣必有妖邪，小心為上。

唐僧坐在林間念經，耳邊忽然聽到呼救的聲音。唐僧
起身穿過松柏樹和藤蔓，竟發現一個年輕美貌的女子
被綁在大樹上，正在哭喊著救命。

那女子分明是妖怪，肉眼凡胎的唐僧自然認不出來。
不過這次他並沒有莽撞上前，只是遠遠站著，打探那
女子的遭遇。

唐僧聽了，趕緊讓八戒和沙僧過來救那女子。悟空眼見黑氣遮蓋了祥雲，就顧不上化齋，趕回來要救師父。就在八戒要上前去解繩子的當下，悟空一把揪住八戒的耳朵，及時制止他。悟空直接告訴師父，這女子就是妖怪。唐僧心有懷疑，覺得悟空說得相當有理。

弼馬溫又騙人，她明明是漂亮姑娘。

你們被騙多少次了？她顯然是妖怪。

你這個好色的豬頭，真是成事不足，敗事有餘！

八戒，你師兄不會看錯，咱們還是趕緊走吧。

女妖精看唐僧師徒不上當，立刻施了個法術，直往唐僧的耳朵裡傳了句話：「活人性命你不救，昧心拜佛取什麼經？」唐僧聽到這句話，頓時倍感揪心。

活人性命你不救，昧心拜佛取什麼經？

借宿鎮海寺

唐僧執意要回去救那個女子，連悟空也沒辦法阻止。

師父幻聽了吧？

她說得對啊，救人一命勝造七級浮屠，我們還是回去救她吧。

得逞的妖怪一路隨行，但因為悟空時時看護著唐僧，她倒也不敢輕舉妄動。天色將晚，他們終於來到一座古寺，這古寺建得相當奇怪，前面看起來破敗荒涼，後面卻是富麗堂皇。寺裡的喇嘛說，此寺叫作「鎮海禪林寺」。

山裡的劫匪白天出門打劫，晚上就在前院安身。我們為求自保，只能捨棄前院，以保住後院。

敢問院主，寺院前後差異為何這麼大？

廟裡的大小喇嘛都湊過來，想看看去西天取經的和尚，也想看看隨行的女子。看這情形，老喇嘛有些為難，不知該怎麼安置這個女子。

老院主，我們在路上搭救這位落難的姑娘，還請您費心幫忙安排她的住處。

師父，你們的住處都好辦，只是這位姑娘……

那就把她暫時安排在天王殿休息吧。

寺院破怪案

第二天，唐僧忽然就生病了，人也變得奇怪，一直說
要悟空送信給唐朝皇帝，就怕自己一病不起，死在取
經路上。經過悟空的安慰，情況總算好一些，最後說
是想要喝口涼水，悟空趕緊去廚房找水。

師父要是死了，咱們就分開吧。

我要寫遺囑！

別吵了……給我弄點涼水來。

寫什麼遺囑？有俺老孫在，哪個鬼使敢來拿你？

掉一粒米，得三天病。師父這次的病真怪！

師父前世做金蟬長老的時候，不小心掉了一粒米，所以會生病三天。

悟空去找水，卻看見小喇嘛哭得眼睛通紅。一問之下
才知道，寺院裡這三天就死了六個撞鐘的和尚，大家
都說寺裡進了妖怪，害怕下一個被害者就是自己。

肯定有妖怪進了寺廟。

師弟昨晚去撞鐘，今早就只剩下骨頭了。

這天夜裡，月亮升起來之前，悟空變成十二歲的小和尚，手裡敲著木魚去撞鐘。二更時分，一股香風襲來，妖怪化作美女出來誘惑小和尚，只是她萬萬沒想到自己這回碰上了悟空。

大聖現了真身，金箍棒打向妖怪。妖怪也不怕，竟然舞出雙劍，和悟空打成一團。妖怪打不過悟空，逃生卻很有一套，她脫下一隻繡花鞋，變成自己的模樣來對付悟空，真身則化成一道清風，偷偷溜走了。

被困無底洞

妖怪很有頭腦，臨走時還不忘抓走唐僧。唐僧就這樣被帶到千里之外的妖精老巢「陷空山無底洞」。妖怪手腳也很快，一回去就叫小妖們安排素宴，即日要與唐僧成親。

婚姻大事，不可草率啊！

擇日不如撞日，今天就是個好日子！

今天是個好日子！

悟空在空中與假妖怪打得心焦氣躁，他一閃身，把妖怪打下來，結果發現那竟是一隻繡花鞋。悟空大呼上當，自己竟中了「金蟬脫殼」之計。

不好，中了「金蟬脫殼」之計！

悟空回來，發現師父已經被妖精抓走了，更可惡的是，八戒和沙僧睡得香香甜甜，完全不知道發生了什麼，氣得悟空揮棒就打。

我去抓妖精，讓你們看著師父，你們竟然睡得跟死豬似的！一點用都沒有！

我還得負責挑擔、看行李不是嗎？

分明是活豬！

第二天一早，悟空帶著八戒和沙僧又回到黑松林，也就是第一次看見妖精的地方。可是怎麼都找不到，悟空乾脆在林中一頓亂打，很快把山神和土地公給打了出來。

你們知道我師父被劫到哪兒去了嗎？

那妖怪不在這附近，她住在南邊千里之外的陷空山無底洞。

打了一路，把山神、土地公都打了出來！再打下去，只怕太歲也出來了。

黑松林土地公

黑松林山神

八戒打頭，駕起雲朵直往南飛，悟空和沙僧緊隨其後。很快就看到一座險峻的大山，山上各種飛禽猛獸出沒。

這山險惡，肯定有妖怪。

有道理，我同意，呆子，你先去探探路，然後我們一起救師父。

二師兄難得出馬！

猴哥，你這是拿我頂缸！

不要吵，我去嘛！

陷空山

☙ 水潑八戒 ❧

八戒跳下雲朵走了五六里，看見兩個女妖在井邊打水。他走近，喊了聲「妖怪」，結果被兩個女妖潑了一臉冷水，腦袋也被水瓢狠狠地敲了幾下。八戒吃了虧，連忙跑回來。

八戒把剛才的事情跟悟空說了一遍。悟空一聽，笑八戒不懂人情世故。不能一上來就喊「妖怪」，這樣的話連妖怪也會生氣。若想要從妖怪那裡套話，嘴巴得甜一點。悟空親自示範給八戒看。

八戒這次變成又黑又胖的和尚，搖搖擺擺又去找打水的女妖。這回他學乖了，深鞠一躬，張口就喊「奶奶」，喊得兩個女妖心裡舒服，三言兩語間就講出師父的下落。

是辛苦！我家奶奶今天抓了個唐僧要成親，嫌洞中的水不乾淨，非要我們出來打水。

一口水而已，沒關係。

奶奶，貧僧這廂有禮了！能否討口水喝？

奶奶們，打水辛苦啊！

這和尚不錯，會說好話。

八戒聽說師父又要和妖怪成親，立刻回來找師兄，吵著要散夥，悟空揮了揮金箍棒讓八戒住嘴，並安排他去盯著打水的女妖精，兄弟三個要找到洞府，才能救師父。

天要下雨，師父要成親，咱們幾個也各回各家吧！

呆子，又胡說！

🍃 一探無底洞 🍃

他們跟蹤了一、二十里，發現兩個女妖消失的地方有一座玲瓏剔透的牌樓，上面寫六個大字「陷空山無底洞」。牌樓下有一塊大石，石頭中間有一個和水缸口一般大小的洞，被磨得光光滑滑。

我打了這麼多年的妖精，還是第一次見到這樣的洞府。八戒，你下去看看這洞有多深。

呵呵，猴哥，老豬這體形實在不適合鑽洞。

我看有三百里深。

悟空讓八戒和沙僧守住洞口，自己下去找師父。如果妖精要從洞口逃跑，八戒和沙僧可以一下把她打死，省得繼續作怪。悟空到了洞裡，才發現這裡別有洞天。為了不打草驚蛇，悟空又變成了一隻小蒼蠅。不一會兒，他看見那個女妖怪在亭子裡梳洗打扮，還不停吩咐小妖們做準備，她要趕快和「唐僧哥哥」成親。

我以為是那呆子胡說，想不到真的要鬧洞房了。

悟空又繼續往裡飛，他很快就發現了愁眉苦臉、憂心忡忡的師父。聽到悟空前來相救，唐僧立刻來了精神。

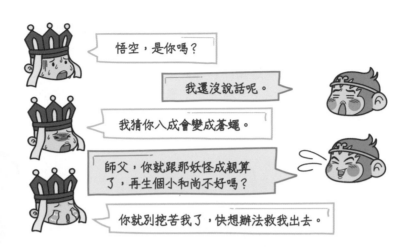

悟空，是你嗎？

我還沒說話呢。

我猜你入成會變成蒼蠅。

師父，你就跟那妖怪成親算了，再生個小和尚不好嗎？

你就別挖苦我了，快想辦法救我出去。

悟空在唐僧耳邊出了一個主意，唐僧皺了下眉頭，但也點頭同意了。不一會兒，女妖怪請唐僧去吃飯，唐僧這次並不推托，讓女妖怪開心得不得了，立即要與唐僧喝上一杯素酒，唐僧居然很配合地端起酒杯，原來這正是悟空的計謀。

快喝吧。

長老如此厚愛，我真是受寵若驚啊。

悟空趁著師父給妖怪倒酒時，變成一隻小蟲藏在酒裡，等妖怪把自己喝進肚子裡，就可以控制妖怪，讓她護送師徒兩人離開妖洞。悟空盤算得挺好，沒想到那妖怪看得仔細，竟然發現了酒中的小蟲，直接用指尖挑了出去。

啊？

真倒楣，居然有蟲子，可惜了這杯好酒。

悟空的計畫落空，只好變成老鷹，先攪了酒局，讓妖怪辦不成喜宴。

二探無底洞

悟空見一計不成，再施一計。他先飛出去給師弟們報信，然後又飛回來讓師父引妖怪去花園。這次他要變成一顆可愛的大桃子，讓唐僧騙妖怪吃下去。唐僧鼓起勇氣，決定再試一次。

唐僧把妖怪引到後花園的一棵桃樹旁，他一眼就看到了悟空變的桃子。唐僧立刻摘下桃子，送給了妖怪。妖怪一心想著和唐僧做恩愛夫妻，見唐僧主動送桃子給自己吃，心裡樂開了花，想都沒想就把桃子送到嘴邊。

悟空，師父只能幫到這了。

和尚哥哥果然愛我！

說時遲那時快，悟空等不得妖怪吃桃子，一下鑽進了她的嘴裡。那妖怪還沒反應過來，悟空已經在她的肚子裡搗亂了。

妖怪疼得滿地打滾，只好答應悟空，送唐僧出洞。悟空怕妖怪使詐，不許她指使別的小妖去做，妖怪無奈，只好咬著牙，親自把唐僧背了上去。

悟空見那妖怪安然無恙地把師父送了出來，便說話算話，從她的肚子裡出來。沒有了悟空的牽制，女妖怪立刻舞起雙劍。可是一旦出了無底洞，八戒和沙僧自然會來幫大師兄，女妖怪哪裡是兄弟三人的對手。

女妖怪故技重施，再次把繡花鞋變成自己，繼續與三人纏鬥，真身則準備逃跑。這時她竟然發現唐僧就坐在井邊，無人守護，真是「踏破鐵鞋無覓處，得來全不費工夫」。可憐的唐僧剛逃出洞穴沒多久，又被抓了進去。

❀三探無底洞❀

妖精的真身抓走唐僧，假身很快就被八戒打翻在地。兄弟三人一看地下的繡花鞋，倒吸一口涼氣。悟空明白，這是又中了妖精的「金蟬脫殼」之計。師父八成已經被妖精抓走了。

> 這妖精的鞋可真多！氣煞老孫！

> 難不成妖怪是鞋匠？

> 猴哥，事不過三，你已經進去兩次，再去一次肯定能成功。

這一次，悟空乾脆殺進無底洞。只是洞中靜悄悄的，完全不像第一次進來時的熱鬧。就這麼一陣工夫，那妖怪帶著大小妖和唐僧，不知道搬到哪裡去了。

> 喂？搬家公司嗎？

悟空找不到師父，心裡焦急，忽然聞到香火味。他跟著味道找過去，發現了一張供桌，上面供著兩個金字牌位，分別寫著「尊父李天王之位」和「尊兄哪吒三太子之位」，悟空的心情一下子就變好了。

哈哈！我找到正主了！

悟空告御狀

悟空收了牌位和香爐，興匆匆地跑出洞來。他告訴八
戒、沙僧，自己打算到玉帝那裡告御狀，告托塔天王
縱女成精，禍害一方。

老孫要去玉帝
那裡告托塔李
天王！

悟空一路上到南天門，聽說悟空要告御狀，誰也不敢攔他，他
順利上了靈霄寶殿。悟空倒也規矩，恭恭敬敬地遞上狀子，玉
帝也不敢怠慢，看完狀子，立刻讓太白金星帶著悟空去找托塔
天王。

這猴子每次
來都要鬧事。

李天王看到悟空就生氣，畢竟當年花果山一戰，自己這邊戰敗，很沒面子。聽說悟空這次到玉帝跟前告他縱容女兒下界為妖，簡直要氣炸了。李天王確實有個小女兒，可是人家才七歲，什麼都不懂。這猴子真是欺人太甚！

大膽猴頭！我有三個兒子一個女兒，小女李貞英才七歲，哪裡能做妖精？

托塔天王

殷夫人

金吒

木吒

哪吒

李貞英

李天王不由分說，揮起斬妖刀就向悟空砍去，悟空也
不躲閃。眼看事情還沒弄清楚，大聖就要遭難……哪
吒三太子趕緊衝了上來，一把攔住了父親。

父王，你的確有個
女兒在下界呢。

胡言亂語，要是
被你媽媽聽見，
我就完蛋了。

您別誤會了。

原來三百年前，李天王和哪吒父子在下界救過一隻金鼻白毛老
鼠精。她在靈山偷吃如來的香火，便自稱「半截觀音」，後來被
李天王父子抓住。佛祖慈悲，李天王父子也沒傷害她，她因此
心存感激，認李天王爲父、哪吒爲兄，還特意設了香燭供奉。
如今她在下界號稱「地湧夫人」。難怪她住在地下，巢穴七孔八
洞，原來是隻大白老鼠精。

以後，你們便
是我的父兄！

金鼻白毛老鼠精

四探無底洞

哪吒的提醒讓李天王立刻想起了這件事，他趕忙向悟空道歉。這回輪到悟空發威，他非要拉著李天王上靈霄殿面見玉帝，請玉帝評理。還好太白金星做事老到，一語提醒得理不饒人的悟空：「大聖，再繼續吵下去，你師父就要和老鼠精生小老鼠了……」

大聖，再繼續吵下去，你師父就要和老鼠精生小老鼠了……

啊！你說得對！

李天王立刻會意，一面請太白金星去向玉帝請示，一面調兵遣將，率人跟著悟空去捉妖。哪吒和悟空鑽進洞內，搜了個底朝天，也沒看到半個妖怪的影子。妖怪究竟是藏哪兒去了呢？

妖精，快出來受死！

突然，洞中東南角的石洞裡冒出一個小妖怪，天兵立刻拿住他，悟空則直接衝進石洞捉妖。這回，老鼠精無路可逃，只能束手就擒。不過，當她看見李天王和哪吒三太子時，又自以爲有了一線生機，立刻磕頭求饒。

我們父子受你一炷香，差點被你拖累，壞了名聲。

很快地，悟空在洞中找到師父、行李和白龍馬，一切安然無恙。李天王父子帶著天兵天將，押解老鼠精返回天庭，聽候玉帝發落。師徒四人又繼續西行。

別讓俺老孫再看見她！

《大唐西域記》中的鼠傳說

在這個故事中，唐僧師徒遭遇了金鼻白毛老鼠精，而在唐僧的原型玄奘法師口述的《大唐西域記》裡，也記載了一個和老鼠有關的故事。

傳說在于闐國西方有一個大沙丘，裡面全是老鼠窩，因此又稱為鼠壤墳。其中，有一隻老鼠的體型跟刺蝟一樣大，牠算是鼠群的「鼠王」，身上金色和銀色毛髮相交，非常特

別。每次鼠王出巡，大小老鼠全都浩浩蕩蕩地跟在後面。

有一次，匈奴發兵數十萬，試圖進犯于闐國，軍隊就駐紮

在鼠壤墳旁邊。當時，于闐國只有數萬甲兵，面對數十萬匈奴兵，大家都非常恐慌，不知道該如何是好。于闐國國王實在萬般無奈，只好擺出各種祭品，祈求得到神鼠的幫助。

當天夜裡，國王夢到一隻大老鼠告訴他，牠可以幫助他擊退敵人，希望他早日整頓軍隊，準備進攻。

拜託您了！幫幫我們吧！

放心，明天一早你們就照常出兵。

第二天，國王從夢中醒來，想起與神鼠的約定，便命令將士整裝出發，直接殺向匈奴軍隊。匈奴兵看到于闐國士兵已經發起進攻，於是紛紛準備披甲上馬。這時，他們突然發現自己的馬具、甲冑的繫帶、弓弦等全都被老鼠咬斷了，根本無法上陣殺敵。于闐國很快殺過來，匈奴兵頓時如一盤散沙，潰不成軍，只好束手就擒，于闐國凱旋而歸。

于闐王為了感激鼠王的救國之恩，專門修建了「鼠祠」，並下令臣民世世代代敬奉老鼠，希望能永遠得到神鼠的庇佑。從此，于闐國舉國上下都敬鼠、拜鼠，即使遇到老鼠洞，也要下馬致敬。

雖然這只是一個傳說，但英國考古學家斯坦因在丹丹烏里克遺址的一座大佛像下發現了一塊版畫，版畫上有一個鼠頭人身的畫像，版畫左邊還有一個手持香花的男子。有學者認為這塊版畫呈現了于闐人用香花供養鼠神的情節。

無底洞老鼠嫁女

「老鼠嫁女」是廣為流傳的故事。在中國，「老鼠嫁女」木版年畫、剪紙等在各地流行，表達了人們祛除鼠害的心願，把老鼠「嫁出去」，寓意把老鼠送走。

蘇州桃花塢的年畫《無底洞老鼠嫁女》把《西遊記》和老鼠娶親的故事結合了起來，故事講述無底洞老鼠精為了嫁給唐僧，給了老貓王很多賄賂，想要他幫忙做媒，觀

音菩薩因此變成貓精來到洞口，把老鼠們變回原形的故事。

在這張年畫中，唐僧師徒就藏在分工明確的老鼠中，你能找到他們嗎？

事無三不成

「常言道，事無三不成，你進洞兩遭了，再進去一遭，
管情救出師父來也。」
——摘自《西遊記》第八十三回

　　悟空、八戒、沙僧三兄弟超過三次探訪陷空山無底洞才把
唐僧救出來，八戒稱之為「事無三不成」。

【釋　義】辦事不經過多次努力便不會輕易成功。

　　三國時期，劉備為訪求賢才諸葛亮，與兄弟關羽、張飛連
續三次上門拜請，終於讓諸葛亮深受感動，隨即出山幫助劉備
成就一番偉業。此後便有「三顧茅廬」的典故。

請告知諸葛先生，
我們又來啦！

第 3 章

淚灑隱霧山

假扮俗人

師徒四人不知不覺從春季走到夏季。一路炎熱讓他們
焦躁不已，好不容易走到一座城下，師徒四人打算進
城化齋，好好休息一下，卻被路邊帶著孩童的老婆婆
攔住了。她對唐僧師徒說，他們即將進入的城池是
「滅法國」，這裡的國王專門殺和尚！

> 各位師父，不能再走
> 了，前面是滅法國，
> 專門殺和尚的！

原來滅法國國王在兩年前發下奇怪的誓言，要殺掉一
萬個和尚。現在已經殺掉了九千九百九十六個，再殺
四個就大功告成了。

> 正好四個？

> 可有繞過城
> 池的道路？

> 繞路就要繞
> 上半年。

> 還有小白龍！

既然繞路不行，悟空決定先進到城裡探聽情況。悟空變成一隻飛蟲飛進城中。一路觀察下來，悟空覺得這裡也算繁華，秩序井然，完全不像不禮佛的地方。

滅法國怎麼會這麼討厭和尚？

不知不覺間，悟空飛進一家
客棧，店主王小二正在四處
提醒：「熄燈以後，請各自保
管好衣服財物。」聽到這話，
悟空忽然有了主意。

熄燈啦！熄燈啦！
東西收好，弄丟了
我可不管啊！

王小二

燈一滅，悟空立刻抱走了四個人的衣服，還在混亂中
留下名號，告訴人家他之後再來還衣服。

不好啦！大老
鼠成精了！

我是齊天大
聖！回頭再
還你衣服。

悟空的主意倒也簡單，他讓大家打扮成普通人的樣子，混進城裡小住一晚，之後再偷偷溜出城。只要不露出和尚的樣子，就萬事大吉。很快，師徒四人就變成了唐大官兒、孫二官兒、朱三官兒和沙四官兒。

四人喬裝打扮，住進了一家不起眼的小客棧。老闆娘是個老寡婦，悟空怕她起疑，自稱是販馬的商人，因為還有其他同伴在城外，人沒到齊不能鋪張，今日先按上等酒席給銀子，但吃些素餐就可以，等明日大夥兒聚齊了，再點一些好酒好菜。寡婦一見有利可圖，二話不說就去置辦。

上等：五果五菜的上席、吹拉彈唱的排場；五錢銀子

中等：水果熱酒的中席；二錢銀子

下等：大鍋飯＋打地鋪；幾文飯錢

為了不要在睡著後被發現他們是和尚，悟空又跟寡婦說他們都有些風濕的毛病，想要在避風無光的房間休息。寡婦找來找去，找到了一個四尺寬、七尺長的大櫃子。雖然悶熱，但非常封閉。悟空還囑咐寡婦把櫃子鎖好，師徒四人就在櫃子裡睡覺。

正好我有個大櫃子，借給你吧！

那太好了！

꧁ 夜遇盜匪 ꧂

師徒四人在櫃子裡沉睡，深夜卻突然被搬了起來。原來有強盜來打劫，看見鎖著的大櫃子，就以為裡面一定是金銀財寶。悟空竊笑，讓強盜們抬著，師徒幾人就不用走了。

發達啦！

這大櫃子怎麼這麼重？裡面肯定有金銀珠寶，抬走！

誰想這些笨強盜動靜太大，驚動了巡城的總兵。沒過多久就被總兵追上，裝著唐僧師徒的櫃子就被繳獲了，直接抬去皇宮。

我要投案，饒了我吧！

放下手中的贓物束手就擒，你們有權保持沉默。

這麼大的動靜，櫃子裡面的人也難以安生。唐僧埋怨悟空，想出這個餿主意，要是明天櫃子被打開，師徒四人就等著被殺頭。悟空嘻嘻一笑，勸師父少安毋躁，他自有辦法。

師父放心，這點小事難不倒俺老孫。

完了完了，明天要是見到國王，就會被殺頭，完成他的殺和尚目標！

⭕ 滅法國剃頭 ⭕

三更時分，悟空出動。他從左臂上拔下一些毫毛，變出一些小悟空，又拔下右臂上的一些毫毛，變出一堆瞌睡蟲。瞌睡蟲讓人昏昏欲睡，小悟空就幫睡著的人剃頭髮。一個晚上過去，滅法國的皇宮內院、衙門府邸裡的人都被剃了光頭，跟和尚一樣。

第二天，整個皇宮亂成一團，三宮六院的宮娥、嬪妃、大小太監都沒了頭髮，大家一片哀怨，可是他們發現國王和王后也沒了頭髮，大家就不敢出聲了。國王覺得，這一定是自己殺了太多的和尚，遭報應了。

先用帽子、頭巾遮蓋一下，這件事千萬別傳出去。

我們怎麼見人啊？

國王急急忙忙召集大臣，想要弄明白究竟發生了什麼事。沒想到上朝的大臣們一個個哭喪著臉，他們的頭髮也沒了。

愛卿，寡人也……這是殺了太多和尚的罪過啊！

請陛下恕罪，臣沒了頭髮，不敢脫帽……

這時候，守城的總兵抬著大櫃子來見國王。櫃子一打開，豬八戒就跳了出來，把國王和群臣都嚇了一跳，緊接著悟空扶唐僧出來，最後是搬行李的沙僧。光頭的國王和大臣看見櫃子裡冒出來的四個和尚，簡直是喜出望外，這些和尚是老天爺讓他們將功贖罪的機會啊！國王急忙向唐僧示好。

第 3 章　淚灑隱霧山　79

原來國王也不是昏君，只是曾經被一個多嘴的和尚罵了，特別生氣，就發了毒誓。如今他得到懲罰，也是罪有應得，他希望能在唐僧師徒這裡悔過。悟空勸他把國名改爲「欽法國」，他立刻同意，還立志要讓欽法國成爲佛國，顯示自己的誠心和決心。

陛下，「滅」這個字不妥當，改爲「欽法國」，定能海晏河清、風調雨順。

是！是！

隱霧山逢妖

離開欽法國後不久，唐僧師徒到了一
座雲霧瀰漫的高山。連唐僧都看出來
此地有些妖氣。

隱霧山

> 師父愈來愈厲害了啊！

> 這股風好奇怪，好像有些妖氣啊。

悟空翻了個筋斗，跳到半空去看個究竟。南邊懸崖上
還真有個渾身斑紋的妖怪，他有著和鋼鑽差不多的尖
牙。只見他一邊吞雲吐霧，一邊指揮著手下的小妖在
空地上操練，排場和陣勢看來不小。

> 嘻嘻，我要騙八戒過來。

悟空回到地面，謊稱那些雲霧不是妖怪，而是老百姓
家蒸饅頭和米飯時的炊煙。八戒一聽見有吃的，立刻
兩眼放光，口水直流，自告奮勇去化齋。

八戒變成一個胖和尚，一心想去化齋，沒想到碰到一
群妖怪，還吵吵嚷嚷要吃了自己。八戒這才反應過
來，一定又是悟空捉弄自己。

八戒哪能讓小妖拉拉扯扯，立即變回原樣，揮起釘耙一頓亂打。小妖打不過八戒，立刻回洞裡找妖王。妖王揮著一根鐵杵，跑出來和八戒打成一團。

送上門來的唐僧肉，正好拿這頭豬做配菜。

ஃ分辨梅花計ஃ

悟空見八戒半天還不回來，知道他肯定是被妖怪纏上了，便趕來助陣。八戒一看悟空來了，打得更有勁！

我哥是齊天大聖！

妖王一看打不過，趕緊鳴金收兵，逃回洞去。手下的小妖是從獅駝國逃過來的，他勸妖王想開一些，因為唐僧的徒弟們真的很厲害。妖王一聽，不由得心驚肉跳，惶惶不安。

怪不得至今沒一個妖精吃到唐僧肉！

那猴子大鬧獅駝洞，我等從後門跑了才得了命。

妖王左右為難，旁邊一個小妖便獻上「分瓣梅花計」：選三個能幹、會變身的小妖變成大王的模樣，分別引開悟空、八戒和沙僧，此時大王再去抓唐僧，這樣就不用擔心了。

此計絕妙！等我拿住唐僧，就封你做二大王。

妖王立刻選了三個能幹的小妖，要他們變作自己的模樣，埋伏在路邊等著唐僧師徒。按計畫，「妖王一號」從路邊跳出來，八戒一看，立刻揮舞著釘耙追打過去。

八戒和那妖怪在山坡下打鬥，草叢裡突然又蹦出「妖王二號」，悟空立刻追打上去。悟空剛一離開，山背後一陣風響，「妖王三號」上線，成功吸引了沙僧的注意。唐僧孤身一人，待在原處等候。

眼看唐僧三個徒弟全被調開，妖王不慌不忙地從雲頭拋下一根五爪鋼鉤，一下捉走唐僧，完全不費吹灰之力。不費吹灰之力，就把唐僧走了。

妖王歡天喜地帶著唐僧回到洞裡，準備把他蒸了吃。
被封為二大王的小妖卻勸妖王不要著急，先想辦法把
那三個徒弟騙走，才能清淨地吃唐僧肉。

大王，咱們
這樣做……

哪樣？

……

等到兄弟三人各自戰退了「妖王」，回頭找不到師父，
才發現他們中了計。三人連忙找師父，終於在一個懸
崖下發現一道石門，門上的一塊石板上寫著「隱霧山
折岳連環洞」。

唐僧假死

妖王一聽孫悟空打上門來，趕緊和小妖們商量對策。
他們決定對外謊稱唐僧已經被吃了。

妖王沒想到唐僧的徒弟重情重義。師父活著的時候，他們一心護送師父取經；師父要是死了，也一定會為師父報仇雪恨。悟空和八戒很快就砸開了妖洞的大門。妖王無可奈何，只好出來應戰。

悟空和八戒在山坡上與妖怪們進行一場混戰，雙方殺得天昏地暗。

一百多個小妖顧前不能顧後，遮左不能遮右，一個個各自逃生。妖王見勢不妙，趕緊噴出一陣煙霧，趁亂逃回洞去。

獻計的小妖雖然聰明，卻跑得慢，被悟空一棒打死，原來他是隻鐵背蒼狼怪。

狼模狗樣，不學好！

鏟除豹子精

活命的小妖們又搬石塊又挑土，把前門堵死。悟空尋思，偌大個妖洞肯定會有後門。他囑咐八戒、沙僧原地等信兒，自己去探看一番。悟空沒猜錯，他很快就在一處山澗旁找到了後門。悟空變作一隻水老鼠悄悄爬了進去。

悟空很快就找到了師父。爲了把師父順利地帶出去，他用瞌睡蟲把洞中的大小妖怪都弄睡著之後，才去解救師父，還救了和師父綁在一起的樵夫。

請你也救救我吧。

這樵夫比我早被抓進來，家中還有老母親，你也一起救了他吧。

看見悟空安然無恙地帶回師父，八戒和沙僧喜極而泣。樵夫卻有些憂心。

猴哥，你怎麼讓師父復活的?!

你們走了，可我們恐怕還是會繼續遭殃……

笨蛋，師父活得好好的。

悟空自然不會放任妖怪不管，他帶著八戒和沙僧重新回到妖洞。妖王睡得迷迷糊糊，將醒未醒的時候，就被八戒送上西天。妖王的原形顯現，原來是一頭艾葉花皮豹子精。兄弟三人剿殺妖洞裡的妖精，又放火燒得一乾二淨。樵夫感激不盡，拉著唐僧師徒去自己家做客。

我醒了！我掛了！

艾葉花皮豹子精

感謝各位救命之恩，請師父們到我家做客，也見見我的老母親。

不好意思……

咕嚕嚕……

樵夫的老母親看到兒子安然回家，又聽兒子說唐僧師徒是他的救命恩人，立即把家裡所有好吃的都搬了出來。樵夫家裡窮，但他們靠山吃山，老母親準備的素齋都是山珍野菜，十分美味。師徒四人飽餐一頓，又西行去了。

沒想到野菜也這麼好吃！

吃飯也分等級？

唐僧師徒假扮成販馬商人投宿於滅法國的客棧，客棧老闆娘趙寡婦告訴他們，這裡的食宿等級分成上、中、下三等。

上等：五果五菜的上席、吹拉彈唱
樂隊的排場，五錢銀子

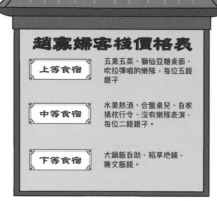

趙寡婦客棧價格表

上等食宿	五果五菜、獅仙豆糖桌面、吹拉彈唱的樂隊，每位五錢銀子
中等食宿	水果熱酒、合盤桌兒、自家猜枚行令、沒有樂隊表演，每位二錢銀子。
下等食宿	大鍋飯自助、稻草地鋪，幾文飯錢。

中等：水果熱酒中席，二錢銀子

下等：大鍋飯＋打地鋪；幾文飯錢

其實，分等級吃飯的形式在很早之前就有了。不同的等級會搭配不同的禮樂、食器、排場，彰顯社會地位的尊卑貴賤。

《周禮》記載：「凡王之饋，食用六穀，膳用六牲，飲用六清，羞用品百二十品。珍用八物，醬用百有二十甕。」意思是：周朝的天子用膳，食用當時已有的六種主食、六種肉食、六種飲品以及一百二十種調味料。在三千多年前，這種排場真的只有天子才能享受。

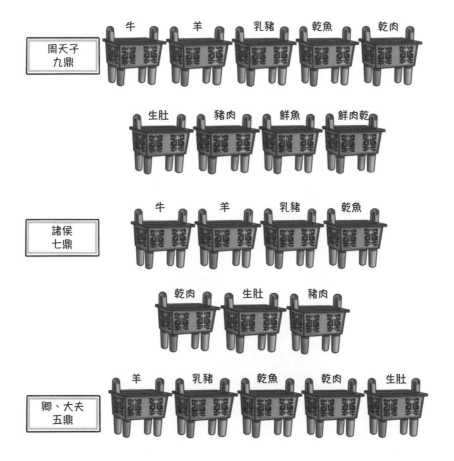

野菜宴

　　唐僧師徒在隱霧山折岳連環洞所救的樵夫在自己家中與老母招待恩人，做了一桌野菜宴。以下這些野菜是當時常見的品種，有些名字還被沿用至今。

嫩焯黃花菜

酸齏白鼓丁

浮薔馬齒莧

江薺雁腸英

爛煮馬藍頭

白燫狗腳跡

貓耳朵

破破納

枸杞芽

第 4 章

傳藝玉華縣

❧ 鳳仙郡求雨 ❧

唐僧師徒一路西行，很快就來到一座荒涼的城池。師徒四人走到街口，幾個官差正在張貼告示，一問才知，這裡是天竺國下屬的鳳仙郡。因為連年乾旱，老百姓快要活不去了，郡侯急得不行，便張貼告示，招募法師求雨。唐僧聽聞，便問徒弟們能不能幫忙求得一場大雨。悟空當即答應，並讓官差回去稟報郡侯這個好消息。

我老孫翻江攪海、斗換星移、攜山趕月、呼風喚雨，根本輕而易舉！你們等著迎雨吧！

太好了！

官差

正在焚香禱告的郡侯聽到手下來報，得知城裡來了能求雨的法師，也顧不上官威，一路小跑到街口，又拜又求唐僧師徒，還一路帶著他們來到府衙，十分熱情。

下官是鳳仙郡郡侯上官氏，聖僧老爺發發慈悲，救救我們鳳仙郡百姓啊。

貧僧確實有三個厲害的徒弟，他們或許有辦法……

鳳仙郡郡侯

到了府衙，郡侯馬上好吃好喝地把唐僧師徒伺候起來，八戒可是敞開肚皮吃個痛快，悟空則在一旁聽郡侯把這鳳仙郡的旱情細說了一遍。最後，郡侯還特意強調，下雨就有千金奉送。悟空可不吃這套，直接告知郡侯只能為善求雨。

談錢求雨，就是看不起俺老孫！雨星子都沒有！

哼咪哼咪

談錢求雨，不行！行善積德求雨，沒問題！

悟空吩咐沙僧、八戒看好師父，自己嘰哩咕嚕念動咒語。片刻工夫，正東方飄來一朵烏雲，原來悟空把東海龍王請來了。

大聖喚小龍來，有何要事啊？

老孫想知道這鳳仙郡連年乾旱，你為何不來下雨？

東海龍王告訴悟空，自己雖然能行雲布雨，但是必須得到玉帝的指令。更何況自己來得匆忙，沒帶行雨的神將，實在沒辦法降雨。

涇河龍王

我必須得到玉帝的聖旨才能下雨，大聖還記得我那妹夫涇河龍王的下場嗎？他就是微調了降雨的時間，結果觸犯天條，釀成大禍，連小命都丟了。

好像是有這麼一回事。

悟空見龍王說得有理，只能先讓他回東海，自己則直奔天宮找玉帝。郡侯哪裡知道悟空的神通，眼見他駕起筋斗雲，便被嚇得不輕。

啊！孫老爺去哪裡了？

他早就駕雲上天了。

悟空一個筋斗來到西天門，護國天王引天丁、力士上前迎接。悟空上前告知鳳仙郡久旱無雨、龍王沒有聖旨也不能下雨的事情，誰知護國天王告訴他，鳳仙郡本來就不該下雨。

我聽說鳳仙郡郡侯冒犯了天威，才被處罰的。

西天閣

什麼意思？我聽不明白……

玉帝發怒後立下了米山、麵粉山和黃金大鎖等三件事，結束之後鳳仙郡才會下雨。

悟空不明白，一心要去見玉帝。護國天王攔不住，通
明殿的天師也攔不住，乾脆帶悟空去靈霄殿。見到玉
帝之後，悟空才明白鳳仙郡之所以無雨眞的是事出有
因！

供什麼供！
不如餵狗！

三年前，鳳仙郡郡
侯把素齋供品拿去
餵狗，如此不敬，
我簡直氣壞了！

我在披香殿裡立下了三
個誓言，這三件事不完
成，鳳仙郡就絕對不可
能下雨！四大天師，你
們帶悟空去看看吧。

果然不要沒事
找事！

四大天師帶著悟空來到了披香殿，只見裡面立著一座十丈高的米山，米山旁邊有一隻拳頭大小的雞慢慢地啄米。旁邊有一座二十丈高的麵粉山，金毛哈巴狗正悠閒緩慢地舔麵粉。兩山左邊有個鐵架子，上面掛著一把黃金大鎖，下面一盞明燈慢慢悠悠地烤著鎖。

等雞啄完了米，狗舔完了麵粉，燈烤斷了鎖，鳳仙郡才會下雨。

來自玉帝的一萬點暴擊！

悟空生氣鳳仙郡郡侯的無知，又心疼百姓跟著遭殃，可是米山何時才能被雞啄完？麵粉山何時能被狗舔完？金鎖要何年何月才能被明燈烤斷呢？玉帝又不能違背三個誓言，但天師的一句「禮佛敬天，全心向善」點醒了悟空。

悟空趕回鳳仙郡，一把扯住郡侯，把天上的事情從頭到尾說了一遍，並且追問他三年前究竟為何要把供品餵狗。

悟空見郡侯認錯態度誠懇，就把天師的話告訴他，還說如果郡侯一心向善，早晚念佛看經，感動了上天就會下雨。郡侯知錯就改，做事風格雷厲風行，立刻一聲令下，從府衙到市井，全郡立刻禮佛敬天。郡侯更是誠心禱告，請求寬恕。悟空看到這番景象，便再次飛上天庭去求情。

我們願以此供奉，請求寬恕。

知錯能改就好。俺這就給你求情。

到了天門外，悟空碰到之前遇過的執符使者和護國天王，便趕緊催使者去找玉帝。這時候，護國天王告訴悟空，早已經有人去報告了，悟空只需要去九天應元府借來掌管雷、雨、電的神仙就行。

悟空聽了大喜，趕緊跑到九天應元府。應元府的雷門使者、糾錄典者、廉訪典者趕緊通報應元府天尊。天尊聽了前因後果，立刻讓雷神四將和閃電娘子去鳳仙郡施雨。

是時候大顯身手了，開工！

應元府天尊

雷神四將

遵命！

諸位神仙在半空中作法，頃刻間雷鳴電閃。鳳仙郡百
姓三年不曾聽到雷聲，一聽見雷聲，他們全都跪地念
佛，感謝上天。

上天有好
生之德！
下雨啦！

馬上就要
下雨啦！

鳳仙郡百姓的念佛之聲驚動了上天，披香殿的米山、
麵粉山全都倒塌，金鎖也被燒斷。鳳仙郡的土地、城
隍等趕緊去稟報玉帝：鳳仙郡的百姓都皈依善果。

報告陛下，這
全都是百姓的
善果啊！

既然他們的善念讓那三
件事都完成了，那就傳令
下去，命風部、雲部、雨
部都去鳳仙郡降雨！

鳳仙郡土地公

城隍爺

悟空正與自己借來的雷神和閃電娘子在空中擺弄法器，就看見風、雲、雨三部的神仙都趕來了。神仙們一齊施法，整個鳳仙郡瞬間甘雨滂沱。玉帝下令鳳仙郡降雨三尺零四十二點，鳳仙郡所有的河道都漲滿水位，草木起死回生。應悟空之邀，下雨的神仙在半空中露出臉來，鳳仙郡郡侯和眾百姓見了趕緊禮拜。

老天顯靈啊！

鳳仙郡上下對唐僧師徒感激不盡，從郡侯到百姓，家家設宴招待，今天東家請，明天西家請，還爲師徒四人造了一座「甘霖普濟寺」作爲紀念。足足熱鬧了半個多月，鳳仙郡百姓才依依不捨地送唐僧師徒再度西行。

聖僧是鳳仙郡的大恩人哪！

老官兒，你這裡的東西真好吃！

善哉善哉！

玉華縣收徒

師徒重新上路，這次來到了天竺國治下的玉華縣，這裡的城主是天竺皇族，被封爲玉華王，是個敬重佛道、愛護百姓的好國王。

街道繁華，倒是跟大唐有幾分相近！

唐僧師徒來到玉華縣王府倒換官文，玉華王看到悟空、八戒和沙僧三兄弟相貌凶醜，有些害怕。唐僧連忙安慰國王，說自己的徒兒們面醜心善，且個個武藝高強，身懷絕技。玉華王雖然不太相信，但還是讓手下安排師徒四人去暴紗亭吃齋。

話說玉華王有三個王子，他們個個好武，大王子練一條齊眉棍，二王子舞一把九齒釘耙，三王子使一根烏油黑棒子。三個王子見從大殿上回來的父王神色驚恐，得知是被幾個外來的醜和尚嚇到，便要去給和尚們一點兒顏色看看。

三個王子來到暴紗亭，不分青紅皂白便責問悟空等人是不是妖怪，還不知深淺地拿兵器跟他們較量。眨眼間，王子們就被悟空、八戒和沙僧打得落花流水。

大師！我等有眼不識泰山！

悟空、八戒和沙僧又飛到半空中各自展現自己的本事,三個王子看得目瞪口呆,趕緊跪地參拜,非要認悟空等人為師父。眼看著玉華王帶著王子們求到自己面前,唐僧師徒不忍推辭,便答應下來。

孫師父!收下我們吧!

豬師父,您剛才那幾下太帥了!

沙師父,您太厲害了!

三個王子趕緊焚香拜師,立志學習神通。只是三個王子根本使不動師父們的寶貝兵器。王子們決定依樣畫葫蘆,參考各自師父兵器的式樣,量身打造一款自己的兵器。

好啊!就按我們兵器的式樣打造你們自己的吧!

謝師父!

❧ 發生失竊案 ❧

事實上，悟空、八戒和沙僧的兵器都是天地間少有的寶貝，自帶祥瑞之氣。附近山上的妖怪眼紅，竟然揚起一陣妖風，神不知鬼不覺地把三件兵器全偷走了。

鐵匠們連日勞累，晚上都睡著了，天亮才發現三位師父的寶貝兵器竟然不翼而飛。鐵匠們都要嚇死了，趕緊報告王子。

王子，神師們的三件兵器不見了！

那麼沉的物件，怎麼會不翼而飛！

鐵匠

八戒認為肯定是鐵匠們貪財，把兵器賣了。可憐的鐵匠有口說不清，只能跪地喊冤。還是悟空冷靜，他覺得凡人根本沒這本事，一定是兵器上的仙氣招來了附近的妖怪。

呸！黑心賊，竟敢偷豬爺爺的武器！

冤枉啊！我們就是有賊膽，也沒有師父們的神力，搬不動啊！

虎口洞尋兵器

果不其然，城北有座豹頭山，山上有個虎口洞，但沒人知道洞裡住的是仙、妖，還是猛獸。悟空囑咐八戒、沙僧保護好師父，自己單獨去豹頭山一探究竟。

悟空來到豹頭山，發現這裡瀰漫妖氣。就在悟空四處探查時，他碰上了兩個巡山的狼頭小妖，兩個傢伙一路聊得火熱。悟空立刻變成蝴蝶跟了上去。

悟空靈機一動，有了主意。他用定身法定住了兩個妖怪，從他們身上搜出兩個腰牌，一個寫著「刁鑽古怪」，一個寫著「古怪刁鑽」！

不一會兒，悟空變成古怪刁鑽，八戒變成刁鑽古怪，沙僧則裝扮成牲口販子。他們帶著七八頭豬、四五隻羊，一路就上了豹頭山。想不到，他們在路上遇到一個去送請帖的小妖，看沙僧面生，便對他一番盤問。可是，小妖哪有悟空聰明？反被悟空套話，問出了請帖的去處。

你往哪裡去？

他是賣豬羊的，因為還少幾兩銀子，我們就帶他回來取。

古怪刁鑽，這個生人是誰？

我去竹節山請老大王赴釘耙宴。

悟空哄著小妖，成功讓小妖把請帖也拿給他看。原來偷了兵器的妖怪是隻金毛獅子精，名叫黃獅精，他不但要開個展示會，還要請自己的妖怪爺爺來看。這個爺爺的名字還挺霸氣，叫「九靈元聖」。

看來這家是一窩獅子。

到了虎口洞，悟空師兄弟三人見到了黃獅精。這個妖怪很謹慎，見了沙僧，立刻警覺起來。不過悟空騙他說：「他是賣豬羊的，很羨慕大王得了寶貝，想親眼看看。」黃獅精雖然不情願，但一想到反正自己明天會辦釘耙宴，也要給人看，就同意了。

大王！他還想看看咱們釘耙宴上的寶貝！給他開開眼界！

哼！這個也看，那個也看，要是傳出去怎麼辦？

黃獅精

三人混進洞內，果然看到自己的兵器擺在那兒。八戒
最沉不住氣，一看見釘耙，立即現了原形，悟空和沙
僧也連忙取了各自的兵器，三人一起打了出去。

黃獅精很快發現，他根本不是三人的對手，虛晃一招就跑了。悟空也不追上去，一頓亂打，把剩下的大小妖怪殺個乾淨。師兄弟三人還覺得不解氣，乾脆放一把火，把黃獅精的老巢燒個精光。

三十六計，走為上策！

奪回兵器，滅了妖怪，大家都歡天喜地。只是玉華王一聽黃獅精逃走，很可能去搬救兵，心裡難免不踏實。悟空答應一定會把逃跑的黃獅精和九靈元聖一起收拾。

來一個打一個！

悟空，萬一妖怪搬救兵來報復，該如何是好？

九靈元聖出山

獅子精的爺爺九靈元聖住在竹節山盤桓洞，全洞上下都知道豹頭山虎口洞的獅子大王要請爺爺去參加釘耙宴。看門的小妖看獅子大王到來，實在搞不清狀況。黃獅精一邊嚷「釘耙宴辦不成了」，一邊哭著進了洞。

大王昨天已經差人來送請帖，今天怎麼親自來了？

倒楣透頂，釘耙宴開不成了。

黃獅精見到爺爺九靈元便聖哭天搶地，把事情的前前後後說了一遍，希望爺爺可以幫他報仇。誰知九靈元聖聽說孫子被孫悟空欺負了，反倒哈哈大笑。

你怎麼敢惹那隻鬧天宮的猴子呢！

罷了，我去給你報仇出出氣！

嗚嗚……爺爺，孫兒被欺負啦！

九靈元聖

我九頭獅子也不是好惹的。

妖怪回到玉華縣，一時間妖風滾滾，黑霧騰騰。城外的男女老少顧不得家財，拖家帶口就往城裡跑。消息傳入王府，眾人大驚，悟空卻不放在心上。

定是那獅子搬來救兵了，大家不要怕。

黃獅精搬來了整個獅子兵團，自己也跑到城前叫陣，悟空讓大家在城樓上助陣觀戰，隨後叫上八戒和沙僧躍入半空，和前來報仇的妖怪打成一團。

燒我洞府，傷我兄弟，還三打一欺負我！今天有你們好看！

小偷還有臉來鬧事。

這場仗足足打了兩天，各有輸贏。第一天，八戒打到腳軟，被獅子精偷襲，打中了後脊，就被抓走了。悟空看單打獨鬥太吃虧，立刻拔了毫毛，變出一群小悟空幫忙，不一會兒也抓了兩隻小獅子精，打算第二天用來交換八戒。

第二天，狡猾的九頭獅「九靈元聖」讓獅子精和悟空、沙僧纏鬥，自己則駕著黑雲，飛到城樓上，三兩口就把唐僧、玉華王和三個王子叼走了。

第三天，悟空和沙僧一路找過去，那老妖怪真是厲害，還沒等他們反應過來，就被咬個正著，轉眼間便被叼進洞裡。

九頭獅子精痛恨悟空傷了自己的小獅子精，命令小妖用力抽打悟空，非要給他顏色看看。悟空可是在太上老君的煉丹爐裡煉過的，棍子打在身上就像抓癢一樣。小妖累得不行，悟空卻嚷嚷：「再來！再來！不過癮！」

師父，這本事我要學！

小妖打了一天，夜裡撐不住，沉沉睡去。悟空使個「遁身法」，很快就脫了身。可是他還來不及救別人，九頭獅子精就被八戒的嚷嚷聲驚醒了。

猴哥救我！快救救我！

꒰ 太乙救苦天尊降妖 ꒱

悟空回到玉華縣，一籌莫展，想不到玉華縣的土地公
給了悟空一條重要的資訊。

九頭獅前年來這兒落戶，盤
桓洞裡原來有六隻小獅子，
都認九頭獅當爺爺。牠來頭
不小，要想收服，可以去東
極妙岩宮問問……

玉華縣土地公

悟空一路找到太乙救苦天尊的東極妙岩宮。太乙救苦
天尊聽明來意，趕緊讓看管九頭獅的童子過來回話。

喂！你家獅子
跑了，趕緊抓
回來！

啥？

太乙救苦天尊

不料小童子睡得很熟，眾人好不容易才把他叫醒。原來前幾天他偷喝了太上老君送給太乙救苦天尊的輪迴瓊液，一口氣睡了三天三夜，完全不知道九頭獅什麼時候逃走的。

天上一日，地上一年！牠已經下界為妖三年了！

太乙救苦天尊趕緊帶著看管獅子的童子來到玉華縣。
蠻橫的九靈元聖一見到太乙救苦天尊馬上乖得像小貓
一樣，向他撒嬌討饒。

你這畜生，竟然偷跑下界，害我受罰！

太乙救苦天尊帶著九頭獅回去東極妙岩
宮，悟空趕緊去洞裡解救唐僧等人。

清除所有妖怪後，悟空師兄弟終於能靜下心來，爲王
子們傳授技藝了，好好過了一把當師父的癮。

又過了幾天，三個王子把悟空師兄弟傳授的武藝都掌握熟練了，師徒四人才收拾行李啟程。城內城外，家家戶戶都爲降妖除魔的高僧們送別。

黃獅精為什麼開設釘耙宴而不是金箍棒宴?

　　孫悟空的金箍棒可說是上天下海最好的寶貝之一,而豬八戒的九齒釘耙則差得遠了。那麼為什麼偷走師兄弟三人兵器的黃獅精會選擇開設釘耙宴,而不是金箍棒宴呢?

　　原著中,豬八戒的九齒釘耙平時就可以發光,當初也是這道光芒吸引了黃獅精來盜竊。你一定會覺得奇怪,當初孫悟空第一次見到如意金箍棒的時候,金箍棒也在發光。明明兩樣兵器都會發光,為什麼黃獅精偏偏看上了九齒釘耙?我們在原著中找找答案吧:

　　「我們這海藏中,那一塊天河底的神珍鐵,這幾日霞光豔豔,瑞氣騰騰,敢莫是該出現,遇此聖也?」龍王果引導至海藏中間,忽見金光萬道。龍王指定道:「那放光的便是。」

　　從這段文字可以看出,金箍棒之前也不發光,只有那幾天才開始發光。為什麼呢?也許是感知到孫悟空即將到來吧。由此說明,金箍棒有靈氣,是識主的神物,其他人拿走的話不會發光。而九齒釘耙可沒有識主的能力。黃獅精也不是專業的鑑定人員,他有眼不識泰山,僅憑外表就把一直發光的九齒釘耙當作最名貴的寶貝,因此把宴會命名為「釘耙宴」。

是金子在哪裡都會發光!

但是發光的不一定是金子!

四大名著中的「梁上君子」

「梁上君子」就是我們現在說的小偷。在古代，很多小偷都會躲在房屋的橫梁上，等主人睡著或者離開後伺機偷竊。中國古典名著中有許多「梁上君子」，除了在《西遊記》偷走兵器的黃獅精，其他著作中也有許多類似角色，他們也帶來很多精彩的故事。

《西遊記》

黃獅精：在玉華縣偷走如意金箍棒、九齒釘耙和降妖寶杖，開釘耙宴。

時遷：在東京盜取雁翎圈金甲，賺取徐寧上梁山。

《水滸傳》

《三國演義》

胡車兒：宛城之戰時，他盜走典韋的雙鐵戟，導致典韋戰死在宛城。

墜兒：在蘆雪庵趁眾人烤鹿肉偷走平兒的蝦鬚鐲，最終被趕走。

《紅樓夢》

黃花山四天君

　　得知鳳仙郡百姓都禮拜上天後，應元府天尊差遣四位雷將與閃電娘娘去鳳仙郡降雨。這裡提到的四位雷將取材自我國古代神話傳說，他們分別姓鄧、辛、張、陶。在《西遊記》中四位雷將還沒有統稱，後來問世的《封神演義》裡統稱他們為「黃花山四天君」。鄧、辛、張、陶與龐、劉、苟、畢為八大天將，負責守衛南天門。

「鄧天君」鄧忠：
老大；武器開山斧；
藍臉紅髮有獠牙，金
甲紅袍跨黑馬。

「辛天君」辛環：
老二；武器雙錘；棗紅面
長獠牙，生有一對翅膀。

「張天君」張節：
老三；武器長槍。

「陶天君」陶榮：
老四；武器雙鐧；
法寶聚風幡。

久旱逢甘霖

　　鳳仙郡的百姓求來期盼已久的大雨後，全郡大擺筵宴，慶賀這件大喜事。

　　我們可以用「久旱逢甘霖」來形容鳳仙郡百姓的心情。「久旱」指的是經歷了長時間的乾旱；「逢」就是「遇到」的意思；「甘霖」指好雨，即實現人們願望的及時雨。

　　「久旱逢甘霖」就是說乾旱了很久，忽然遇到一場好雨，形容盼望已久終於如願的欣喜之情。此句出自宋朝汪洙的《喜》：「久旱逢甘雨，他鄉遇故知。」我們平時寫作文的時候也用得上。

海晏河清

「風調雨順民安樂，海晏河清享太平。」
——摘自《西遊記》第八十七回

【釋　義】大海沒有浪，黃河水變清澈了。比喻天下太平。

【近義詞】國泰民安

【反義詞】兵荒馬亂

　　「海晏河清」的典故出自唐代鄭錫的《日中有王子賦》。原文說：「河清海晏，時和歲豐。」人們通常用「海晏河清」來比喻太平盛世。

　　到了清代乾隆時期，乾隆皇帝親自主導了「霽青金彩海晏河清尊」的創作，並將該物陳列於圓明園的海晏堂，見證當時「河清海晏，時和歲豐」的盛世景象。

第 5 章
觀燈金平府

♋ 金平府燈節 ♋

唐僧師徒離開玉華縣，走了五六十里的路程，又來到一座繁華的城市。師徒四人在城中的慈雲寺落腳，寺裡的方丈說，這裡是天竺國外郡「金平府」，再過兩天就是元宵節，街上會張燈結綵，十分熱鬧。

師父們，晚上一起來看元宵節花燈吧。

我們不是趕路，就是和妖魔鬼怪戰鬥，完全忘了日子。

元宵節當天，在老方丈的推薦下，師徒四人一路逛逛，到了金平府赫赫有名的金燈橋附近。這裡果然燈火輝煌，非常熱鬧。

師父，這個燈好漂亮！

師父，這個燈好漂亮！

金燈橋上，有三盞巨大的金燈，每一盞都跟大水缸一樣大，裡面盛滿了酥合香油。三盞金燈的外層用細金絲編織成燈罩扣著，高度接近二層樓。據說，這三缸燈油足足有一千五百斤。

❧ 三個假菩薩 ❧

師徒們正說得興奮，突然刮起了一陣大風，看燈的人紛紛四散而去，和尚們也拉著唐僧師徒離開。唐僧不明白，明明為了禮敬佛爺而點燈，如今佛來了，怎麼大家反而要走？

唐僧不顧和尚們的阻攔，直接跪在金燈橋上叩拜，空中隱隱地出現了三個模糊的佛影。悟空火眼金睛，立刻看出他們根本就不是神佛，而是妖精。悟空剛要拉住唐僧，一陣風起，燈光明滅之間，唐僧就被捲走了。

和尚們嚇得面無人色，明明是神佛，怎麼悟空說是妖精呢？這些凡人什麼也看不出來，師父還被抓走了，生死未卜，讓悟空心裡又氣又急。

什麼神佛！根本就是妖精！拿了香油，抓我師父！氣死我了！

悟空吩咐八戒和沙僧回寺裡看守馬匹行李，自己則駕著筋斗雲，一路去追那陣妖風。他一直追到天亮，妖風消失在一座大山前。悟空有些焦急，忽然看見西坡有四個人趕著三頭羊，一路吆喝著，原來是年、月、日、時四值功曹。

四值功曹？你們在一路上也沒幫什麼忙，怎麼來添亂！

大聖息怒！你師父雖然被妖怪捉住，但護法伽藍在他身邊，好好保護著。

你們趕羊做什麼？

這叫「三陽開泰」，給你師父討吉利。

勇闖玄英洞

四值功曹告訴悟空，這裡是青龍山，山上有個玄英洞，洞裡有三隻犀牛精。這三個妖精在此假扮神佛好

多年，也沒做什麼壞事，只有騙金平府官員設立金燈和香油，每年供養他們。他們就是抓走唐僧的凶手。

悟空不敢耽誤，告別四值功曹後急忙尋找妖怪的洞府。最後在澗邊石崖下發現一座石屋，石門半掩，門旁的石碑上寫著「青龍山玄英洞」。一找到妖精的老巢，悟空立刻在門前高聲叫罵。

你是誰？別在這裡大呼小叫！

大膽妖怪，快還我師父！

要是敢動我師父半根毫毛，我就翻了你老巢，把你們打死！

看門的牛頭精慌張地通報上級。本來還在商量「唐僧最佳吃法」的三隻犀牛精被嚇了一跳，沒想到會有人來找這個細皮嫩肉的和尚，他們趕快讓小妖們把唐僧押上來，問問悟空的來歷。

大王，貧僧有個大徒弟，是被菩薩感化的行者，以前叫作「齊天大聖」。

老實交代！還有誰和你一起取經？叫什麼名字？

他是五百年前大鬧天宮的主人公嗎？

正是。他最霸道了……

大王，不好了！有個人來找和尚，他說要殺進來，還要把我們打死！

哪個妖精不曉得齊天大聖的威名和事蹟？犀牛精有些心驚，又聽唐僧說二徒弟曾經是天蓬元帥，三徒弟曾經是捲簾大將，犀牛精越聽越害怕。

我既想吃唐僧肉又不想死。

但我不想死。

我想吃唐僧肉。

三隻犀牛精想來想去，還是捨不得唐僧肉，於是壯起膽子，帶著妖怪出門迎戰。他們看悟空身材矮小，以為他只是普通的猴精，根本不放在眼裡，還對他冷嘲熱諷。

哈哈哈哈，什麼齊天大聖，不過是隻幾幾歪歪的猴兒！

你這個偷燈油賊！還我師父來！

青龙山玄英洞

悟空怒火中燒，掄棒就打，可是他以一敵三，還要和其他小妖纏鬥，漸漸落了下風。眼看天快黑了，悟空暗想，要是再打下去，實在無法立刻救出師父，不如回去找師弟們來幫忙，這樣才有勝算。於是，悟空翻了個筋斗，跳出戰陣飛走了。

☁二探玄英洞☁

悟空回到慈雲寺，和八戒、沙僧商量，決定當晚再去
玄英洞，打得妖怪措手不及。

二探玄英洞。悟空不想硬拼，他囑咐八戒、沙僧在外面等候，
自己則變成一隻螢火蟲，飛進洞裡探聽虛實。洞裡的妖怪們白
天累得不行，這會兒睡得正香。悟空隱約聽見有人在小聲哭
泣，飛過去一看，正是被綁著的師父。

你就是我
黑暗中的
螢火蟲！

師父別怕，
悟空來救你了！

嗚嗚嗚，
悟空救我！

師父，我不是說要小
心嗎？要是聽話，就
不會被妖怪抓走。

悟空幫師父鬆綁，想帶著師父偷偷溜走，誰知迎面撞上了巡邏的小妖。悟空打死了兩個，其他小妖大聲尖叫，吵醒了三隻犀牛精。悟空顧不上師父，只能自己先打出去。

本來想要偷偷救出師父，卻沒成功，那就乾脆讓三兄弟大戰三犀牛精，師兄弟三人和妖怪熱火朝天地打了起來。

四木禽星

兩方打了半天，也不見輸贏，犀牛精一揮手，洞裡十
幾個水牛精紛紛拿出兵刃，把八戒和沙僧先後絆倒在
地。悟空心想，看來這次一定要搬救兵了。於是他虛
晃一棒，直接飛往西天門。

孤掌難鳴，
老孫去搬救兵！

一到西天門，悟空就看見太白金星、四大靈官與增長
天王正在聊天。太白金星看到悟空，立刻過來搭話。
悟空長話短說，一心要去找玉帝搬救兵。太白金星聽
完直接告訴悟空，四木禽星專治犀牛精！

四木禽星，
正是犀牛精
的剋星！

真的？我立刻去
找玉帝借人！

玉帝爽快地答應，派出了幫手，悟空帶
著四木禽星立刻奔赴玄英洞。

為了引出犀牛精，悟空率先砸開玄英洞的門。犀牛精
本以為只有悟空一個人，便毫不在意地帶著小妖們衝
了出來。

你這不要臉的
猴子，怎麼還
敢來？

沒想到門外除了悟空，還有四木禽星！犀牛精們嚇得當場露出本相，小妖們更是屁滾尿流。一時間，青龍山上群妖亂竄。

龍宮降妖

犀牛精跑得飛快。四木禽星兵分兩路，奎木狼和斗木
獬進去玄英洞，救出唐僧師徒；井木犴、角木蛟和悟
空一路追趕三個犀牛精，一路到了西海，犀牛精一頭
鑽進海裡，不見了蹤影。

正好去西海看看老熟人！

斗木獬和奎木狼救下唐僧、八戒和沙僧後立刻趕去西海與悟空
等人會合，共同捉拿妖怪。八戒和沙僧一面護住師父，一面仔
細檢查玄英洞，收走所有的金銀珠寶，其餘的物品就放火燒
掉。收拾妥當後，師徒三人才動身返回金平府慈雲寺。

悟空一路打怪，追進西海，夜叉立刻報告給西海龍王。

有西海龍太子助陣，犀牛精們再也沒有招架之力，只好各自逃竄，辟塵反應慢，第一個被捉住。

辟寒的下場很慘，雖然跑得快，卻被井木犴一口咬住腦袋，當場一命嗚呼。辟塵和辟暑被活捉，送到悟空面前，悟空割了他們的犀牛角，綁得結結實實，要帶回金平府，讓官員和百姓們看看。

別怪我控制弱，只是敵方太好吃！

悟空把死犀牛的肉留給龍王父子，感謝西海龍宮的大力協助。還了人情之後，悟空開心地告辭，回金平府找師父和師弟們去了。

確實挑不出錯，俺下次再來找你玩！

總算打發了這猴子，這次他可挑不出錯來。

大聖慢走！

什麼？還要來！

⊹ 免除香油勞役 ⊹

爲了向金平府的百姓證明，這些年他們供奉的佛爺都是妖精假扮，悟空駕在雲上，讓兩頭犀牛精遊街示衆。金平府的百姓從沒見過這個，紛紛設置香案，祭拜天神。

悟空把犀牛角給了四木禽星，讓他們進貢給玉帝。四木禽星欣然接受，隨後返回天庭。悟空又在金平府留下一隻犀牛角當警示，防止百姓以後再被這些妖怪欺騙。

以後不必再點燈，金平府從此免了獻燈油的勞役。

每年金平府的百姓省吃儉用，就是為了攢下香油錢，聽說以後再也不用供奉金燈，百姓們高興壞了，輪流宴請唐僧師徒。八戒最開心了。

師父！我吃得肚子都大了！

那你少吃一點啊！

唐僧不肯白白接受百姓的供養，便把妖洞裡搜出來的財寶分給大家，金平府百姓因此更加敬仰唐僧。唐僧覺得再待下去，就會耽誤取經大事，於是在一個早上，師徒四人不聲張、不告別，悄悄地離開金平府，重新踏上求取真經的路途。

金平府觀燈——元宵節

　　這個故事提到唐僧師徒來到金平府，正好趕上元宵節，這勾起了唐僧對大唐的思念之情。

　　元宵節對中國人來說，是非常重要的節日。古時候，到了元宵節這天，人們都會走出家門，到街上觀燈。有很多流傳下來的詩歌和元宵節觀燈有關。

玉漏銀壺且莫催，
鐵關金鎖徹明開。
誰家見月能閒坐？
何處聞燈不看來？

崔液

唐朝詩歌《上元夜》

在唐朝，從宮廷到民間都非常重視元宵節，但也因此鬧出不少故事。據《新唐書》記載，唐中宗時期的某次元宵節，皇帝一時高興，給宮女們放假，讓她們出宮觀燈。結果許多宮女們厭煩了閉塞的宮廷生活，又流連於燈影交錯的民間，竟然就這樣一去不歸。

犀牛

《觀燈金平府》的妖怪是三個犀牛精，其實犀牛是非常稀有的動物。中國古代的犀牛曾廣泛分布在接近水源的山林地區。由於氣候變冷和人類的開發活動，犀牛的生活環境不斷被破壞，犀牛的棲息地逐年縮小。

到了西元 20 世紀初，中國境內的犀牛所剩無幾，現在已經沒有野生犀牛了。1993 年，中國政府頒佈禁令，禁止使用犀牛角，禁止犀牛角貿易。

四木禽星

幫助孫悟空捉住犀牛怪的四木禽星，分別是中國古代神話體系中屬於二十八星宿的角木蛟、斗木獬、奎木狼、井木犴。

角木蛟

星宿：角宿
動物：鱷魚
東方青龍七星宿之首，象徵著東方蒼龍的守護龍角。

斗木獬

星宿：斗宿
動物：犀牛
北方玄武七星宿之首，星群組合狀如斗而得名。

奎木狼

星宿：奎宿
動物：狼
西方白虎七星宿之首，下界時又名黃袍怪，在唐僧師徒路過寶象國、小雷音寺的故事中都有出場。

井木犴

星宿：井宿
動物：警犬類
南方朱雀七星宿之一，星群組合狀如網而得名。

三陽開泰

　　唐僧在金平府遭劫後，四值功曹趕著三隻羊過來見悟空，稱之為「三陽開泰」，給唐僧討吉利。「羊」諧音「陽」，也與「吉祥」的發音相近。這個成語最早出自《易經》。

【釋　義】冬去春來，有吉亨興盛之象，常用來稱頌歲首或寓意吉祥。

　　在中國古代，擁有的羊愈多，就代表愈富有，所以經常用「羊」的形象來製作吉祥器具。古人還把羊看成知禮、孝順、溫順、謙卑的化身。中國的歷代名家都曾經以「三陽開泰」為主題而創作的藝術作品。

任伯年

三陽開泰圖

第 6 章
天竺收玉兔

✥布金禪寺的傳說✥

師徒四人一路風餐露宿，這一日來到舍衛國地界的布金禪寺。一位儀表堂堂的老和尚熱情且周到地接待了他們。

原來是天朝聖僧，快快請進。

貧僧來自東土大唐，去往西天拜佛求經。

布金禪寺的大小僧人聽說來了東
土大唐的和尚，都興匆匆地跑來
參見，其實只是想看熱鬧。

不好意思，
我們可能走
錯了……

斯文又不
當飯吃！

唉，二師兄，
注意斯文。

唐僧自然是端端正正、一表人才，八戒卻張開大嘴，
拍著大耳朵，只知道吃飽肚子。大家看見八戒的貪吃
樣，都暗暗發笑。

前面那個和
尚看著氣度
不俗！

後面這個胖和
尚好胃口！

唐僧和寺中長老聊天，聊到了布金禪寺的由來。據說，一位被稱作「給孤獨長者」的信徒爲了請佛講經，願意用黃金鋪地，從王子手裡買下這個園子，王子也被他的誠心打動，兩人聯手打造此處，布金禪寺由此得名。長老說，下大雨的時候，園子裡還會蹦出金珠，運氣好就能撿到。

貧僧在佛經裡讀過這個故事！

布金禪寺的長老告訴唐僧，想要繼續西行，就得經過附近的百腳山。最近幾年，不知為何，百腳山上出了幾隻蜈蚣精，專門在夜間偷襲路人，要是晚上走到這裡，行人最好還是住上一晚，等到第二天清晨公雞叫了以後再出發比較安全。

唐僧怕遇到妖怪，就決定留宿一晚，天亮雞叫後再動身繼續西行。

嘿嘿，師父愈接近西天愈謹慎了。

小心駛得萬年船。

當天晚上，唐僧和悟空在長老的陪同下在園子裡散步賞月。

剛走到後門外，唐僧就聽到女子的哭聲，仔細一聽，好像是因為思念爹娘而傷心。這禪寺之中，怎麼會有女子呢？唐僧和悟空頓時起了疑心。

堂堂佛寺，怎麼會有女子哭哭啼啼？

嗚嗚嗚……

❧院主奇遇❧

長老把身邊的和尚打發走，神祕兮兮地告訴唐僧和悟空：「這哭哭啼啼的姑娘是大風吹來的！」

嗚嗚嗚……

長老也不管唐僧和悟空是否相信，繼續說道：「姑娘年紀不大，衣著華貴，口氣也不小，說自己是天竺國的公主，上一秒還在御花園賞花，下一秒就被一陣狂風捲到荒郊野嶺的這裡。」

你是誰家女子？怎麼跑到我這偏僻寺廟裡來了？

我是天竺國國王的女兒，在月下觀花的時候被一陣風吹來的。

小姑娘不像在撒謊，可是長老去城裡化緣時，也沒聽說公主走失的消息。姑娘也不方便留在寺裡，長老乾脆把她關在外院，對外謊稱她是被抓住的妖怪，還命令生人切勿接近。這樣可以少一點是非，也是間接保護了這個姑娘。說到這兒，長老拜託唐僧師徒，去城裡倒換關文的時候，請幫忙留意一下這件事。

嗚嗚嗚……我想回家！

那女子也聰明，整天裝瘋賣傻，只有到了夜裡才會因思念父母而啼哭。

寺院裡的和尚向我打聽這屋裡的人是誰，我就說這是被我捉住的妖怪。

原來如此！

公主拋繡球

第二天公雞剛叫，師徒四人就用完早齋，騎馬上路了。到了天竺驛館，驛丞熱情招待他們，建議一會兒就可以入朝去倒換關文，今天國王上朝的時間會比平時長，因為他的寶貝公主要在彩樓上拋繡球招親。

你來得巧，年方二十的公主今天會在十字街頭高結彩樓拋繡球，撞天婚招駙馬呢。

這點倒和大唐風俗很像。我俗家的爹娘也是拋繡球定的親呢。

悟空想到布金禪寺長老的話，提議師父先去看看這公主是真是假，之後再去倒換關文也不遲。這也算是善舉，唐僧立刻同意了。

一路上我們見過假國王、假徒弟，今天說不定能看到假公主。

慎言，慎言。現在還不知哪個公主是假的呢。

八戒也想跟著師父一起去看拋繡球，唐僧嫌他醜，也不夠機靈，只肯帶著悟空去。

悟空長得比你好看，你這樣會嚇到別人。

師父，帶我去嘛。

殊不知，這一去可就進了圈套。彩樓上的公主真的是
妖怪，去年她趁著真公主去御花園賞花之際，把真公
主扔到荒郊野外，自己取而代之。妖精算準了唐僧會
在這時候路過這裡，繡球招親只是幌子，目的其實是
要把唐僧名正言順地捏在手心。

親愛的唐僧，我不
會吃你，只是想借
你來修仙而已。

假公主一眼就看見混在人群中的唐僧。於是，她在高台上把繡球舉起，別有用心地丟了下去。

指到哪兒，
就飛到哪兒！

繡球在人群裡轉了好幾圈，台下的人努力去抓，繡球都像長了腿一樣，飛快地溜走了。

這繡球怎麼
會飛？

發現目標！
發現目標！

就在人們好奇繡球究竟會被誰接住的時候，唐僧的僧帽被彈起的繡球砸了一下，他伸手一扶，繡球便穩穩地落在了他的手裡。只聽見人們大叫：「打中和尚了！」

看到有人接住了公主的繡球，宮女和太監們立刻衝上前圍住唐僧，爭相賀喜，殷勤地喊他「貴人」。

唐僧急了，一直埋怨悟空不該來看熱鬧。悟空卻一點
也不擔心。

雖然百般不情願，可唐僧擋不住圍上來的侍衛，公主
也下樓來牽他，無奈之下，他只好硬著頭皮進宮。

天竺國招駙馬

國王聽說繡球擊中了一個和尚，心裡不大痛快，但不知道公主心意如何，只能看看再說。

唐僧根本不想娶公主，嘴裡碎念著要倒換關文，去西天取經。假公主已經抓住了唐僧，不可能放手。而國王只想讓公主開心，哪管唐僧樂不樂意。

眼看著國王已經讓欽天監選定成婚的日子，唐僧急得不知所措，這時他想起了悟空的話。

再說悟空歡天喜地地回到驛館，把師父當上駙馬的事情跟兩個師弟說了。

一聽說自己錯過了當駙馬的好機會，八戒唉聲歎氣，悟空揪著八戒的大耳朵，才讓他安靜下來。

你這呆子，繡球要是打中你，國王得連夜寫退親書。

早知如此，讓我去多好。萬一我老豬接到繡球該有多好啊！

吵吵嚷嚷之間，宮裡來了人，宣唐僧的徒弟們進宮觀見。剛見到唐僧的三個徒弟，國王的臉色微妙，好像吃了一斤酸梅。聽說他們不凡的來歷後，國王頓時肅然起敬，以為和神仙成了親家。

都是神仙親家！以後照顧照顧，常走動！

俺老豬本是玉帝駕前的天蓬元帥。

俺當年名號齊天大聖，曾經大鬧過天宮。

俺過去也是玉帝御前的捲簾大將。

國王在御花園為他們準備了豐盛的大餐。唐僧心事重重，什麼也吃不下，八戒卻把肚子吃得圓鼓鼓的。

唐僧一刻也不想多待，便要求悟空趕緊把自己弄出去。悟空見師父落入窘境，忍不住逗他兩句，氣得唐僧差點要念《緊箍咒》。

假公主知道唐僧身邊的徒弟們不好對付，絕對不能跟他們正面交鋒。她跑去跟國王撒嬌，一定要國王在婚禮前就把徒弟們打發走，免得攪和了她的好事。

父王，聽說那幾個徒弟醜得嚇人，還是早點打發他們，別讓他們參加我的婚禮。

好孩子，都聽你的！

國王聽從假公主的話，很快就安排師兄弟三人上路，唐僧慌得手忙腳亂。悟空臨行前握住師父的手，向師父使了個眼色，但唐僧緊張不已，只怕一放手，徒弟們就走了。

你們當真不要師父了？

師父在這裡好好當駙馬，等我們取經回來看你。

玉兔顯形

剛回到驛館，悟空就拔下毫毛變出了一個假的自己。悟空囑咐八戒和沙僧在驛館等候，自己則變成小蜜蜂，重新飛回宮裡。此時宮中鼓樂喧天，喜宴開始了。假公主靠近唐僧，悟空一看，就辨出了公主的身分，她哪裡是公主，分明就是妖怪。

師父，這公主是假的！我現在就能捉住她。

可是我們沒證據。你如果貿然動手，會驚了聖駕。

我得快點兒下手……

悟空見假公主露出妖氣，想必是對師父起了歹心，他立刻現出真身，拎著棒子就打了過去。

妖精！你真當我師父沒人護著，讓你撿便宜嗎？

那妖精一見露了餡，也不爭辯，把公主的衣裳和釵環首飾一丟，跑到御花園土地廟裡掏出一件奇怪的兵器，轉過身來打悟空。可她哪裡是悟空的對手，雖然打不過，嘴上卻嘮嘮叨叨，說個不停。

弼馬溫是你叫的？讓你知道俺老孫的厲害！

你就是天上地下第一煩人的弼馬溫，專門讓人不痛快！

那天竺國國王見公主直接飛了起來，驚得目瞪口呆。
唐僧告訴國王那根本不是公主，而是妖精。

天哪，我女兒哪去了？

悟空追著妖精來到一片深山，那妖精卻不見了
蹤影。悟空四下找了一會兒，也沒什麼頭緒，
乾脆叫來土地公、山神瞭解情況。

大聖，此山名叫毛穎山，除了三個兔子洞，沒有啥妖精。

那就帶我去看看兔子洞！

毛穎山山神

毛穎山土地公

有土地公、山神帶路，很快排查了兩個兔洞，除了幾隻小兔子，還真是沒啥動靜。第三處兔洞很不簡單，用塊大石頭擋著，悟空剛一撬開石頭，妖精就舞著她的兵器跳了出來。真是逮了個正著！

悟空正發狠要把這妖怪一棒子打死，忽然傳來一聲召喚：「大聖，莫動手，棍下留情。」悟空抬頭一看，來者竟是太陰星君。

我打死你這妖怪！

大聖息怒，這是我廣寒宮中的玉兔。孽畜，還不現出原形！

見到自家主人，妖精現出了原形，變成了一隻毛茸茸的兔子，原來是廣寒宮的玉兔。她的兵器也跌在了地上，那兵器原來是玉兔平日裡搗藥的藥杵。

太陰星君

太陰星君告訴悟空，那個真公主其實是廣寒宮被貶下凡的素娥仙子，這玉兔當年曾經被素娥仙子打過一巴掌，聽說仙子下凡沒有了法術，就動了報仇的念頭，從廣寒宮偷跑出來……才惹出這麼一大攤麻煩。

悟空請太陰星君帶著玉兔去天竺國走一趟，給國王和百姓們一個交代。太陰星君照辦不誤。只是大家見面時，八戒又忍不住上前勾勾纏，被悟空一把拽住，總算沒太丟臉。

真公主獲救

送走了太陰星君和玉兔，一想到自己的女兒不知道流落到了哪裡，國王忍不住痛哭起來。悟空告訴國王，真公主就在布金禪寺，還講了公主前前後後吃的那些苦。大家聽了都哭起來，急著要把公主接回來。

來來來，我來告訴你來龍去脈。

聖僧，帶我去接閨女，越快越好！

等到國王的大隊人馬到了布金禪寺，僧人們才知道後院屋子裡關著的根本就不是妖精，而是當朝公主。長老的善念，果然是結了善果。

總算不必再撒謊了。我也心累啊！

太讓人感動了！

國王公主這一相見，再顧不上什麼皇家禮儀和威嚴，就剩下父女的離情別緒，父女兩個抱頭痛哭，誰也勸不住。

我的女兒呀，嗚嗚嗚——

父王！

真公主恢復了身份，國王想要感謝布金禪寺對公主的保護與照顧。悟空靈機一動，先替禪寺向國王要了一千隻大公雞放到百腳山上，讓牠們消滅蜈蚣精，也算是禪寺的功德；又請國王把「百腳山」改名爲「寶華山」，捎帶著封賞布金禪寺的衆僧，就當是報恩。

陛下，您可以這麼報恩……

沒問題！一切照辦！

收了玉兔，救了公主，放了公雞，滅了蜈蚣精，封賞了布金禪寺的眾僧，唐僧師徒又成了舉國敬仰的大英雄，只是，他們還有重任在身。師徒謝絕了銀錢酬謝，與相送數里的天竺國君臣一一告別，又重新踏上了西去之路。

西遊小百科

月宮的老大是太陰星君還是嫦娥?

很多讀者受各種影視劇影響,認為我國古代神話傳說中,住在月亮上的只有嫦娥、玉兔、吳剛,而在這個故事中,則出現了一個新的神仙——太陰星君。《西遊記》中說,玉兔精變的假公主,見到太陰星君後,立刻現出原形,跟隨主人回到月宮。這與很多人印象中的配置不太一樣——玉兔的主人不應該是嫦娥嗎?這個太陰星君又是哪路神仙?月宮的老大到底是太陰星君,還是嫦娥?

在古代民間傳說中,很多人都以為太陰星君就是嫦娥,但在《西遊記》中,太陰星君和嫦娥是上下級的關係。

不僅如此,太陰星君還是級別很高的神仙。《西遊記》中說,孫悟空見到她,慌得收了兵器,躬身施禮,說自己「失禮,回避了」,意思是說太陰星君身分高貴,孫悟空見到她都得回避。見到真正的大人物,下跪行禮已經不夠了,甚至連見面的資格都沒有,只能回避。

《西遊記》中還說,太陰星君告訴悟空,玉兔精是從自己的廣寒宮逃走的。太陰星君要帶走玉兔,孫悟空也不敢反駁。而嫦娥在《西遊記》中只是作為普通仙娥出場的,作者並沒有具體提到嫦娥的法力和地位之類。

由此可以看出,在《西遊記》中,太陰星君才是月宮真正的主人,而嫦娥很可能只是飛升到月宮裡的一個仙娥。

免禮,小孫,看到我家兔子了嗎?

失敬,失敬!您老來了!

玉兔搗藥

在這個故事裡出現了《西遊記》中知名度很高的玉兔精。其實早在《西遊記》成書之前，我國民間就有與玉兔有關的故事。晉代的《擬天問》中也曾記載：「月中何有？白兔搗藥。」

關於這隻玉兔的來歷也是眾說紛紜，《封神演義》中的一段故事，算是比較常見的說法。

妖妃妲己陷害周文王的長子伯邑考，商紂王便把伯邑考做成肉餅給毫不知情的周文王吃。周文王回到西岐的土地上將肉餅全吐了出來，結果吐出的竟然是三隻小兔子，原來那是伯邑考的三魂所化。

其中一隻小兔子跑到了西伯侯的院子裡，當時正值滿月之夜，嫦娥仙子奉女媧娘娘之命把小兔子帶到了月宮。從此這隻小兔子就在嫦娥身邊搗藥丸，並一直陪伴在嫦娥仙子左右。

嫦娥奔月

嫦娥奔月的故事有好幾個版本，其中比較為人熟知的是下面這個故事。

相傳在遠古的時候，天上突然出現了十個太陽，曬得老百姓苦不堪言。嫦娥的丈夫后羿天生力大無比，他登上昆侖山頂，一口氣射下九個太陽，為老百姓除了害，大夥兒都很敬重他。很多人拜后羿為師，跟他學習武藝。有個叫逢蒙的人，為人奸詐貪婪，也拜在后羿的門下。

一天，昆侖山的西王母送給后羿一丸仙藥，告訴他，人吃了這種藥，不但能長生不老，還可以升天成仙。可是，后羿不願意離開嫦娥，就讓嫦娥將仙藥藏在百寶匣裡。這件事不知怎麼被逢蒙知道了，他一心想把后羿的仙藥弄到手。

八月十五這天清晨，后羿要帶弟子們出門，逢蒙假裝生病，留了下來。到了晚上，逢蒙手提寶劍闖進后羿家裡，威逼嫦娥把仙藥交出來。嫦娥心想，讓這樣的人吃了長生不老藥，不是要害更多的人嗎？於是，她趁逢蒙不備，把仙藥一口吞了下去。

不一會兒，嫦娥就飄飄悠悠地飛了起來，一直朝著月亮飛去。

后羿外出回來，發現嫦娥不見了，焦急地衝出門外。只看見皓月當空，月亮上有個女子的身影，她站在一棵桂樹旁深情地凝望著自己。后羿很想念嫦娥，每逢八月十五，都在院子裡擺上嫦娥平日愛吃的食品，遙遙地為她祝福。從此以後，每年八月十五，就成了人們企盼團圓的中秋佳節。

第 7 章

還魂寇善人

寇員外齋僧

半個月的腳程之後，前方又到一城，唐僧看到街上有兩個老頭在聊天，就讓徒弟們老實待在一旁等著，他去打聽情況。

地靈縣

這裡是銅台府地靈縣。長老不用化緣，可以直接去東邊虎作門樓寇員外家，他家專門招待和尚。好著呢！

按照老人的指引，唐僧師徒順利地找到寇員外家。迎面碰上一個提籃子的僕人，一副著急出門的樣子。這僕人一看到他們竟然又扭身跑了回去。

唐僧師徒有些納悶，殊不知，這僕人是通知寇員外去了。寇員外吩咐過，碰見和尚上門，不管啥樣，立刻稟報。

唐僧師徒進了門，發現寇員外家佛堂、經堂、齋堂一應俱全。寇員外見到師徒四人簡直是喜出望外，因為他們的到來讓寇員外的「萬人齋僧計畫」實現啦！他懇請唐僧師徒務必等他還了願，再繼續西行，此去靈山也就八百里路程，多住幾天沒有關係。

弟子寇洪，二十多年前許願齋僧萬人。到今天已經齋過九千九百九十六位僧人，再來四個就圓滿啦。

老官兒，碰見老孫就是你的運氣！

寇員外

寇員外又召喚來夫人以及兩個兒子寇梁、寇棟拜見四位高僧。果然是一家善男信女。

諸位師父放心住幾日，休整休整再趕路不遲。

員外太客氣了。

寇員外吩咐下人們擺上豐盛的齋飯。八戒一口一碗，大大受用了一番，伺候的人忙活著添飯，忙得跟流星趕月似的。

哇，又能蹭幾頓齋飯了。

二師兄，斯文點。

地方特色：竹筒飯

唐僧師徒住了足有半個月，寇員外一家熱情招待、殷勤侍奉，真是虔誠禮佛的一家人。但一直惦記著西行取經，唐僧主動向寇員外辭行。寇員外雖然捨不得，但最後也同意了。

感謝老施主盛情款待，貧僧從東土大唐出來14年了，真的是耽擱不起了……

師父你真是放著好日子不過，非要找罪受！

你就惦記著人家那點吃的。

寇員外為唐僧師徒舉辦了盛大的歡送會。一時間，鑼鼓喧天，人頭攢動，陣仗極大，果然是有錢人家的排場。

❧ 寇家遭劫 ❧

一直送了四五里路，唐僧再三拜辭，寇員外才停住腳步。

> 送君千里，終須一別。

告別寇員外的這天晚上，唐僧師徒只能睡在路邊一座破廟裡。八戒這半個月來吃得好、住得好，見到破廟裡滿是雜草，忍不住抱怨起來。

> 現成的茶飯不吃，清涼瓦屋不住！跑到這漏雨的地方受罪。

> 為師看你是慣出毛病來了！

世事難料，寇員外一家白天剛送走唐僧師徒，晚上就碰上了搶劫。城裡的一群惡人，早就算計著本城的幾個財主，看見寇家爲唐僧師徒送行的排場，就此瞄準了目標。這夥賊人呐喊著殺進寇家大門，慌得一家老小四散逃命。

強盜們把寇員外家洗劫一空，還把出來攔阻的寇員外一腳踢死了，可憐齋僧了二十多年的老人家，就這麼一命嗚呼了。

等到強盜離開，藏在床底下的寇夫人才敢爬出來，看見死去的丈夫，老太太先是大哭，接著就腦補了各種情節，竟然對兒子們說是唐僧師徒害了自己的丈夫。

我剛才在燈火下看得清楚，點火的是唐僧，持刀的是豬八戒，搬金銀的是沙和尚，打死你爹的是孫悟空！

取經四賊

竟然是這麼沒良心的賊和尚！

寇員外的兩個兒子以為母親看得明白，又想到那四人在寇家住了半月，見財起意也是可能的。於是，寇家人立刻就去官府告狀。

老爺，我們告唐僧師徒殺人劫財！望大人給小民做主。

刺史大人也不含糊，立刻點了兵馬，就去捉拿唐僧師徒。

是！

速去捉拿唐僧師徒！

天下事還真是無巧不成書。那夥打劫寇員外的強盜一路竟然沿著唐僧師徒西行的路線逃竄。他們先是在唐僧師徒昨晚留宿過的破廟附近分了贓，之後就看到了前方西行趕路的師徒四人，強盜們大喜，想順便再幹一票。

那還等什麼？趕緊搶過來吧！

他們在寇員外家住了那麼久，身上肯定有很多寶貝。

站住！此山是我開，此樹是我栽，要從此路過，留下買路財！敢說半個「不」字，管殺不管埋！

唐僧見了強盜有些害怕，但是悟空毫不在意地跳上前去攔住強盜。他自稱是管帳的，所有的經錢、襯錢都在自己的包袱裡。

那個騎馬的師父只會念經，不管閒事，毛兒都沒有。

甩手掌櫃

馬夫

黑臉的只會養馬，長嘴的只會挑擔。你把他們三個放了，我就把盤纏、衣缽都送你們。

管家

苦力

強盜們也是頭一次遇見這麼好說話的人，看到悟空指揮八戒和沙僧放下行李，也沒猶豫，就放走了唐僧、八戒和沙僧。悟空把包裹放在強盜腳下，這夥人貪婪成性，也顧不得幾個和尚，全過來搶包裹。

悟空突然從地上抓起一把土往強盜身上一撒，念了個咒語，施了一個定身的法術。一瞬間，強盜們一個個咬著牙，睜著眼，撒著手，直直地站定，不能動彈。悟空又拔下毫毛，變出三十條繩子把他們挨個捆住，悟空還從強盜們身上搜出了許多贓物。一番審問之後，發現他們竟然打劫了寇家。唐僧立刻提議把財物送回寇家。

誰也不許動！

大概是為我們送行的排場太大，驚動了賊人。

這不是寇員外家的財物嗎？員外這麼好的人，怎麼會這麼倒楣！

我們打擾人家半月，無以為報，不如把東西給老員外送回去。

悟空本想把這些強盜都打死，但一想到之前唐僧總嫌自己下手太重，不是趕自己走，就是念《緊箍咒》，也不敢輕易動手，只是恐嚇一番後就把強盜放了。那些強盜一個個嚇得屁滾尿流，落荒而逃，只恨爹媽少生了兩條腿。

快逃啊！
今天遇到
高人了！

哼，真委屈，
一會兒拿八戒
撒氣吧！

師徒蒙冤

唐僧師徒興匆匆地返程給寇家送失物，卻不想迎面碰上前來捉拿他們的官兵。只聽到領頭的喊了句「人贓俱獲」，不由分說，四人就被綁了，一路押解到銅台府縣衙。

除孫悟空嬉皮笑臉之外，其餘三個都灰頭土臉的。師徒四人被押解到大堂之上受審，才知道自己被誣告為打劫寇員外家的強盜。

忘恩負義、謀財害命的壞和尚，快快從實招來！

你拆的強盜我一個也沒看到！寇家人可是口口聲聲說看見你們師徒打劫行兇！再敢花言巧語，大刑伺候！

人贓俱獲，還敢抵賴！

什麼？寇員外死了？

大人，貧僧真的不是賊，這是我們從賊人手裡搶回的贓物，準備送去寇家。

悟空自然不怕這些凡夫俗子，只當看笑話。
但是看到堂上拿出刑具，悟空擔心師父受苦，
乾脆把事兒先往自己身上攬。

昨夜打劫寇家，點火的是我，持刀的是我，劫財的也是我，殺人的自然還是我。要動刑就衝我來，與他們沒關係！

承認就好，先打這個鬧得最歡的刺兒頭。

大人一聲令下，衙役們一起動手在悟空腦袋上套了個腦箍兒，使勁一勒。只聽啪的一聲，索子斷了。一連箍了三四次，悟空頭皮都不曾皺一點兒。

大人氣得要換更厲害的刑罰，突然聽堂下來報，有上司駕到，他趕緊先把四個賊和尚收監，打算過後再審。

剛剛進了牢房，就有獄卒來為難唐僧，悟空把唐僧那件很值錢的袈裟給了獄卒。

一時間袈裟的寶光四溢，連司獄官都被驚動了。司獄官過來查看唐僧師徒的包袱，發現裡面除了袈裟還有蓋著各國寶印的通關文牒，立即覺得這件事情並不簡單。

❧ 悟空洗冤記 ❧

半夜裡悟空變成一隻蟲蟲，打算飛去寇員外家打探一下情況。正好在街西看到一對做豆腐的夫婦正在閒聊寇員外家的事情。豆腐老頭兒竟然是早年就認得寇員外的老鄉親，連寇夫人出嫁前的小名都知道。悟空偷偷記下。

> 這老寇啊，真是短壽。二十歲掌家，娶了張氏，張氏小名穿針兒，都說她是個旺夫的，進門沒幾年，生兒育女，老寇也掙下家業。

> 老寇四十歲的時候發願齋僧一萬，剛還了願，就遭了橫禍，這不是好人不得好報嗎？

悟空又飛進寇家堂屋，裡面靈堂上正停著棺材。寇員外的夫人、兒子、兒媳都在旁邊哭哭啼啼。悟空飛到棺材上，裝作寇員外還魂，直呼寇夫人的小名，唬得一家子立即答應明天就去衙門撤訴。

> 爹爹，安息！明天孩兒就去撤訴！

> 穿針兒，你們誣陷唐長老，讓我在地府受罪，趁早撤訴，不然必遭霹靂。

> 老爺，你活過來了？

> 真的是老爺還魂啊！知道我閨中的小名！

張氏

悟空又飛到審案的刺史大人房中。這回悟空停在刺史
大人伯父的神位之上，假裝是老大人顯靈，斥責他冤
枉聖僧，還濫用刑罰，警告他如果不還人清白，趕快
釋放，將來就一定會在陰司裡受罪。

大侄子，你冤枉聖僧，惹得
土地公、城隍去閻王爺那兒
告狀，閻王差我來警告你，
要是一錯再錯，等你到了陰
間，沒有好果子吃！

大爺請回，小
侄馬上升堂釋
放聖僧。

好可怕……

悟空忙活了一圈，飛回牢房，假裝自己一直在這裡。
第二天刺史大人剛剛升堂，寇家人就跑來撤案了，還
跟刺史說了寇員外顯靈的故事。刺史大人心裡一驚，
說：「看來，真是有冤情！」

這其中必有
冤情！

監牢裡，唐僧嚇得瑟瑟發抖，八戒愁眉苦臉，沙僧面無表情，悟空卻精神抖擻，一臉得意。

果不其然，大人親自來到牢房，一遍又一遍地向唐僧道歉，直言自己抓錯了人。悟空得意揚揚地跟著唐僧走出了牢房，衝八戒擠眉弄眼。

唐僧師徒從縣衙出來，就直奔寇家弔唁。寇家老小在靈堂上哭成一片。既然唐僧師徒是被冤枉的，那麼又是誰害死了寇員外呢？悟空決定去閻羅殿找寇員外問個明白。

一聽說悟空來了，閻王爺急忙出來迎接。悟空直接就
問銅台府地靈縣寇洪的魂是誰給勾來的，閻王趕緊告
訴悟空，寇洪是個大善人，根本就不是鬼能勾來的，
他一到陰間就被地藏王菩薩的童子帶走了。

悟空找到地藏王菩薩，果然在那裡見到了寇員外。寇
員外剛被菩薩安排成掌管善緣簿子的案長。等悟空把
前前後後跟菩薩一說，地藏王菩薩立刻同意讓寇員外
回家，還給了他十二年的陽壽。

悟空帶著寇員外的魂魄回到寇家。到了靈堂，悟空讓八戒打開棺材，把寇員外的魂魄往屍身上一推。不一會兒，寇員外就活了過來。全家喜出望外。看著悟空復活了寇員外，唐僧安心了。

我居然活過來了，不是做夢！多謝聖僧的救命之恩啊。

這叫好人有好報。

咱們師徒還分什麼彼此。

明明是我救的人。

寇員外聽說妻兒誣告了唐僧師徒，趕緊向刺史大人說明情況，還請刺史大人治罪。刺史大人覺得自己不分青紅皂白就抓人也有錯。好在寇員外死而復生，也給了大家改正錯誤的機會。唐僧師徒覺得皆大歡喜最是圓滿。

還不謝過唐長老？

寇員外家再次大擺宴席，感謝唐僧師徒和各位大人。幾天以後，寇員外又隆重地舉辦了儀式爲唐僧師徒送行。

西
遊
小
百
科

玄奘西行經過的「禮佛」國度

　　這個故事中寇員外對唐僧師徒如此熱情地招待，其實是有很多歷史依據的。唐僧的原型玄奘法師在西行過程中途經了許多小國，其中有不少崇尚佛教，玄奘法師在那裡受到了當地人熱烈的歡迎。

　　伊吾是玄奘法師在西域到達的第一個小國，這裡有西域地區建造的第一個佛寺。玄奘法師此時剛剛穿過沙漠，伊吾佛寺裡的僧人聽說玄奘來了，連鞋都沒來得及穿就跑出來迎接。

歡迎聖僧遠道而來。

高昌

終於見到本尊了。

伊吾

　　高昌是西域第一大國，玄奘還在伊吾的時候，高昌國王就已經派人來邀請他，並親自在宮門口迎接。佛教是高昌的國教。高昌國王希望玄奘留下來弘揚佛法，順便讓自己瞭解一下大唐風土人情。

　　但是玄奘堅持要去印度，最後與國王結拜為兄弟後才告辭。

　　高昌國王給玄奘準備了大量的衣物、馬匹和路費，玄奘深受感動。

這些物資是我的一點兒心意。

多謝陛下。

高昌國王

龜茲是西域重要的佛教文化中心，境內建有佛教洞窟群，還是我國歷史上著名的漢傳佛教佛經翻譯家鳩摩羅什的故鄉。

　　玄奘法師在西行路上遇到了很多像銅台府寇員外這樣熱情招待他的人，而寇員外家的遭遇他也經歷過。玄奘法師一路上遇到過很多次強盜，好幾次都差點兒丟掉性命，但都因頗為神奇的運氣外加他本人積累的一定的應對經驗，次次化險為夷。我們甚至可以相信，玄奘非但不是《西遊記》中那個弱不禁風的唐僧的形象，甚至有可能是身材健碩的野外生存高手！

沒有裝備還能勇闖無人區並倖存下來，老虎不發威，你當我是病貓啊！

怪不得近年來很多人懷疑您是武僧呢。

我晚年還一直想去少林寺呢。

開門揖盜

> 「東海龍王敖廣即忙起身，與龍子龍孫、蝦兵蟹將出宮。」
> ——摘自《西遊記》第三回

　　寇員外十分鋪張地招待唐僧師徒，驚動了賊人，招致禍患，引狼入室。這種過分露財引來搶劫的行為就屬於「開門揖盜」。

【釋　義】開門請強盜進來，比喻引來壞人，**招致禍患**。

【近義詞】引狼入室

一看他家就有錢，晚上幹一票大的！

　　三國時期，江東的孫策遭了暗算，重傷而死。他的弟弟孫權這時才 18 歲，天天啼哭，無法處理朝政。大臣們勸說沒用，都很著急。謀士張昭對孫權說：「現在天下大亂，豺狼滿道，如果您只顧悲啼，不理國事……這好比大開著房門，拱著手把強盜請來，必將自取其禍。」

您再這樣下去，就相當於大開著國門，拱著手把強盜請進來啊！

張謀士說得有道理……

　　孫權覺得他說得對，馬上換了朝服，登朝理事，視察軍隊，安定了軍心、民心。後來東吳在孫權的掌管下與蜀、魏形成三國鼎立的局面。

第8章
波生極樂天

玉真觀逢仙

唐僧師徒日夜兼程，又走了六七天。這一天走著走著，來到一處雄偉的高樓前。這樓自帶軒昂的氣勢，唐僧被震懾到了，到了門口，居然忘了下馬。悟空在一旁提醒：師父，如今咱可是到了西天腳下啦。

師父，你平時見到個假佛假像都兜頭就拜，今兒到了真西天，怎麼還不下馬呢？

師父這是沒見識啊！

唐僧趕緊翻身下馬，只見一個道童斜立在山門之外。悟空認得他，告訴唐僧這是靈山腳下玉真觀金頂大仙，是來接他們去見如來佛祖的。唐僧這才醒悟，趕忙上前施禮。

有勞大仙盛意，感激！感激！

觀音菩薩騙人啊！她說你兩三年就到。我巴巴地在這裡等，一等就是十四年。你可來了！

金頂大仙笑著把唐僧引到觀裡，安排他們沐浴吃齋。

看到大仙，我們離終點就不遠啦！

第二天一早，唐僧穿上觀音菩薩賜給他的寶貝袈裟，盛裝打扮了一番，打算就此告別大仙，即刻去見佛祖。大仙卻說，非得自己親自送才行。原來唐僧還是肉體凡胎，不能像悟空他們幾個那樣可以走雲路，所以，還得靠大仙引領。

且慢，我送你們過去。

不用你，我自己認路，來多少趟了！

你這猴子，你走的都是雲路。

雲路怎麼了？雲路最快了！

啊！我忘了！

雲路你走得，唐僧卻走不得。

❧ 凌雲渡脫胎 ❧

金頂大仙一路引著唐僧向前，不一會兒，大仙指著遠處一座祥雲圍繞的高山告訴唐僧，那裡就是靈山。他要在此與唐僧告別，剩下的路就要他們師徒自己走了。

師父，你見一個拜一個，一會兒就得腰疼！

師徒四人走了不到五六里，前方突然出現了一道瀑布，怎麼也繞不過去。

這可如何是好啊？

就在師徒犯難的時候，悟空突然發現水中隱隱有一座細細的獨木橋，橋邊有一匾，匾上面寫著「凌雲渡」三個大字。

悟空第一個跳上木橋，招呼大家上橋，但這水面又寬，水流又急，木橋又細又滑，除了悟空，誰也不敢上去。

悟空一把揪住八戒，要把他硬拉上橋，八戒發出殺豬
一樣的慘叫，打死也不肯上橋。

就在唐僧一籌莫展的時候，忽然看見不知從哪裡划過
來一條小船，船夫還熱情地招呼他們師徒上船。

來來來，
快上船來！

接引佛祖

唐僧見到渡船先是一喜，剛要上船又是一驚。好好的一條船，偏偏沒有底。還是悟空看得明白，這船不是普通的船，船夫也不是凡夫俗子，那是接引佛祖，專門來幫師父脫胎換骨的。在悟空的鼓勵下，唐僧登上了這無底船。

等到船行在水上的時候，唐僧發現水面上竟然漂浮著一具自己的身體。唐僧不知，過了這凌雲渡，他就不再是肉骨凡胎了。

接引佛祖將唐僧師徒送到對岸，便消失不見了。悟空又蹦到最前面，師徒四人一門心思奔往靈山。一路上他們見到越來越多的佛陀，唐僧一直謙卑地行著禮，悟空則蹦蹦跳跳地四處打招呼。

絕對是國家級風景區啊！

終於，師徒四人來到了雷音寺的山門之外，早有四大金剛迎上來。很快，唐僧師徒到來的消息，穿過三重門直達坐在大雄寶殿講經說法的如來佛祖那裡。如來大喜，趕緊召集八菩薩、四金剛、五百羅漢、三千揭諦、十一大曜、十八伽藍分列兩旁，即刻召唐僧進殿。

喂，唐僧到啦！

知道啦，唐僧到啦！

唐僧到啦！

我已經知道了，隆重接待！

唐僧進了大殿，拜完佛祖，又拜眾菩薩，還把自己的通關文牒交給如來好好地看了一遍。這一路上的艱辛苦難，佛祖也了然於胸。佛祖又與唐僧講了一番傳道東土的道理，終於讓阿儺、迦葉兩位尊者帶唐僧去領取真經。

善哉！

弟子玄奘，前來求取真經。

迦葉

阿儺

尊者索賄

兩名尊者帶著師徒四人來到藏經閣，藏經閣中擺放著令人眼花繚亂的珍寶，但師徒四人無心觀賞，只想趕快取到真經。

可是兩名尊者居然在傳經的時候，向唐僧要紅包，唐僧說沒有，兩個尊者便推三阻四地不肯傳經。悟空不管那套，立刻嚷嚷著要去找佛祖說理，多虧八戒和沙僧攔著。尊者一臉的不高興，但也立刻就去拿經書給他們。

怎麼著，你倆還想要錢啊？

你們還想白拿啊？

阿儺、迦葉彆彆扭扭地把經書推給唐僧。唐僧師徒拿到經書，高興得不得了，也沒有翻開看看，並不知道阿儺和迦葉給他們的都是無字經書。

藏經閣上的燃燈古佛把這一切看在眼裡，他招來座下的白雄尊者，讓尊者去提個醒。白雄尊者立刻追上唐僧師徒。

東土眾僧看不懂無字真經，這樣回去宣不枉費了唐僧十多年的辛苦？

說得是呀。

白雄尊者

燃燈古佛

無字真經

白雄尊者化身為半空中的一隻手，搶走馬背上的經書，唐僧嚇得要命，八戒、沙僧急忙護住剩下的經書。悟空立即追了上去，白雄尊者怕悟空的棍棒沒輕重，也不想露出真身，乾脆把包著經書的小包袱抖開，讓經書散落開去，只要讓他們知道那是無字經書，目的也就達到了。悟空見經書散落，果然顧不上追，只怕丟了經書，師父傷心。

白雄尊者的辦法很管用。師徒四人很快就發現散落的經書上一個字都沒有，全都是白紙本。不但散落的經書上沒有字，八戒和沙僧擔子裡的經書也沒有字。

蒼天啊，我東土人沒福！拿著無用的空本，我怎麼見唐王啊？嗚嗚——

發現歷經磨難求取的真經居然是一本本白紙本，唐僧一下就急哭了。悟空反應最快，他猜到這一定是那兩個要紅包的尊者搞的鬼。師徒四人二話不說，要回如來佛祖那裡討個公道。

對，師父，咱們得去討公道！

別哭了，這肯定是要紅包的阿儺、迦葉搞的鬼！

師徒四人剛折回大雄寶殿，就看見許多佛陀在殿外迎接，原來這無字經書也是佛祖對唐僧的一次考驗。

為什麼用白紙本騙我們？

你這潑猴，這都是考驗啊。

其實，無字書也是真經，只是你們不懂罷了。

再入藏經樓，兩個尊者還是一副「紅包拿來」的姿態，唐僧沒法子，只好把一路上化緣的紫金缽盂拿了出來，畢竟這是唐王御賜的東西，也算是件值錢的寶貝。

這紫金是真的嗎？

唐王親自送的，還能有假？

真經再次遞到唐僧的手裡。大家這回可學聰明了，每一本都翻開看了個仔細，確定有字後才妥善地收起來。

這本有字，這本有字！

❧ 返回大唐 ❧

這次取得經書後，如來佛祖特意派了八大金剛護送唐僧師徒回大唐傳真經，還要在八日之內讓他們回西天覆命。八大金剛駕著雲，唐僧師徒在雲上看到自己來時的路，一時感慨萬分。

師徒四人本來在雲頭看得熱鬧，不知八大金剛搞什麼名堂，突然就撤了法術，把他們落在了一條大河的邊上。沙僧最熟悉水路，他說這裡不是別處，正是當年他們從鯉魚精手裡救下兩個娃娃的通天河西岸。

什麼情況？沒到目的地就趕人下車呢！

原來是觀音菩薩突然發現，唐僧取經需要經歷九九八十一難，如今還差一難，無法圓滿，所以臨時叫停八大金剛的護送之旅，要在通天河給唐僧再設一難。

八十難，還少一難，應該湊個數。

❧ 最後一難 ❧

八大金剛突然撤離，師徒四人又得自謀生路，正在一
籌莫展的時候，突然看到一頭老黿從水中冒出來，正
是當年馱著他們過通天河的那個。真是緣分！老黿非
常樂意再送他們過一次河。

唐聖僧，
這裡來！

老黿也算是個舊相識，大家有說有笑，唐僧師徒給老黿講了許
多靈山見聞。快到岸邊的時候，老黿突然問起當年拜託唐僧問
佛祖自己多久才能修成人身的事。唐僧心裡咯噔一下，他早已
忘得一乾二淨，壓根兒就沒問。一時間氣氛變得十分尷尬。

唉，這個……

裝作不存在。

托聖僧問佛祖的
事兒，佛祖怎麼
說的？

我們全忘了……

一聽說唐僧忘記向佛祖打聽，老黿就來了脾氣，牠招呼也不打一聲，直接往水下一沉，把唐僧師徒就勢扔在了水裡。好在八戒、沙僧精通水性，唐僧有悟空護著也沒有淹到，只是經書全都落進水裡，泡濕了。

師徒掙扎著爬上了岸，小心翼翼地把經書攤開，在岸邊晾曬，但經書紙薄，不少經文黏在了岩石上，讓經書不再完整。

九九八十一難經歷完畢，八大金剛立刻回來接唐僧師徒繼續前往東土大唐，敢情他們是抓準時間來的。

꧁ 東土傳經 ꧂

唐王李世民見到唐僧從雲中緩步向自己走來，激動得流出了眼淚。唐僧將佛經交付給他，又向他細細講述了西行的磨難與見聞。

爲了慶祝唐僧歸來，李世民準備了盛大的晚宴，還親自寫了一篇《聖教序》，其實就是一篇《三藏取經回朝有感》，這讓唐僧倍感鼓勵和榮耀。

唐太宗又選了雁塔寺搭高臺，作為唐僧誦經說法的地方。唐僧登上高台，正要傳布真經，八大金剛在半空中突然顯露真身。

活佛！
活佛呀！

朕是活佛的結拜兄弟，四捨五入，也算活佛了。

原來八天時間已到，唐僧送真經回大唐的願望也已經實現，八大金剛要帶著唐僧師徒回靈山向如來佛祖覆命。

聖僧，佛祖那邊催你回去接受加封！

貧僧即刻前往。

修成正果

唐僧師徒二上靈山，佛祖爲他們召開了一次靈山封賞大會。唐僧取經功德無量，被封爲旃(ㄓㄢ)檀功德佛；悟空生命不息戰鬥不止，被封爲鬥戰勝佛；八戒做了吃喝不愁的淨壇使者；沙僧因吃苦耐勞被封爲金身羅漢。白龍馬由於每天勤勤懇懇馱唐僧西行，又把眞經馱回東土，被封爲八部天龍馬。

打怪，過關，領獎。

白龍馬跳進靈山化龍池，轉瞬之間他就褪了毛皮，換了頭角，渾身上下長出金鱗。他飛出化龍池，盤繞在山門裡的擎天華表柱上，實力彰顯佛法無邊。

終於恢復原身了。

你我都已經成佛了，我哪裡還能管制住你？你自己摸摸吧。

被封為佛陀的師徒四人激動不已，悟空趁機抓著唐僧，讓他趕快把腦袋上的緊箍兒取下來。

一摸腦門，緊箍兒果然不見了，悟空興奮壞了，開開心心地跟著師父和師弟們回到了自己的本位上。

封賞的時候，佛祖一一歷數起他們的過去。他們當中的每一個人都在取經途中，禁受住了考驗與磨練，所以才有脫胎換骨、修成正果的現在。

石匣老猿

金蟬子轉世

雲棧洞豬妖

流沙河河妖

戴罪玉龍

師徒一路同甘共苦，如今也一起修成正果，西天取經
終於功成圓滿。

《大唐西域記》的歷史功績

　　古印度，也就是天竺國的歷史是很少被記載下來的，儘管那裡有輝煌的文明，但很可惜只有神話流傳了下來。而由玄奘大師口述、辯機和尚整理編著的《大唐西域記》就成了研究印度、尼泊爾、巴基斯坦、孟加拉、斯里蘭卡等地古代歷史、地理的重要文獻資料，其史學參考價值非常高。

詳細地記錄了玄奘西行十九年的行程，其中包括110個其親身經歷的國家，28個沒有到達，但有傳聞的國家。

印度歷史學家稱《大唐西域記》是中國一位遊方僧人的驚人記載，是被當今學者公認的稀世奇書。印度的重要歷史遺跡王舍城、那爛陀寺就是根據《大唐西城記》而被發掘的。

今日的印度那爛陀寺遺址的門口，還豎立著玄奘法師的塑像！

玄奘還是第一個記錄帕米爾高原的探險者！

玄奘雕像

　　中國學者評價《大唐西域記》內容之豐富，記載之翔實，在玄奘以前和以後很長的一段時間內，沒有一本書能夠比得上。《大唐西域記》像火炬一樣，照亮了古印度隱匿於黑暗的歷史，成為後世學者的考古指南。

功德圓滿

在《西遊記》中，唐僧師徒經過九九八十一難終於取得真經，而在真實的歷史中，玄奘法師則是耗費十九年時間經過五萬里行程才從印度留學歸來。玄奘法師一共翻譯佛經四十七部，一千三百三十五卷。玄奘法師的一生，在佛教中可以稱得上是「功德圓滿」。

【釋　義】多指誦經等佛事結束；比喻舉辦的事情圓滿結束。

玄奘法師十歲踏入佛門，二十七歲西行求法，十九年往返，他為中國佛教事業、文化發展以及中印外交做出巨大的貢獻。沒有玄奘法師，就沒有現在的大慈恩寺和大雁塔，更不會有《西遊記》。

玄奘法師出殯的時候，從皇室到百姓，沿途送葬隊伍排了五百多里，多達一百多萬人。後世無論是中國還是印度，包括其他國家的歷史及考古學者，都對玄奘法師評價極高，稱他是古中國和古印度兩大文明的橋梁使者。